U0116851

民俗上海

Folk Custom of Shanghai: Feng Xian

奉贤卷

民俗上海

总主编 尹继佐

本卷主编 袁晓林 王宏刚

本卷副主编 曹国平 王建华

上海文化出版社

总序

如果从考古学上的马家浜文化算起，上海迄今有六千年的历史；如果从唐朝天宝十年（751）置华亭县算起，上海有一千三百多年的历史；如果从元朝至元二十八年(1291)置县算起，上海有七百多年的历史；如果从1843年开埠算起，上海也有一百六十多年的历史了。

在这绵延的历史中，由于“僻处海奥”，繁衍于上海这块土地上的先民们在创造日渐丰裕的物质生活的过程中，孕育了富有个性的丰富多彩的民俗文化。明正德《松江府志》称：“诸州外县多朴质，附郭多繁华，吾松则反是，盖东北五乡故为海商驰骛之地，而其南纯事耕织，故所习不同如此。大率府城之俗，谨绳墨，畏清议，而其流也失之隘；上海之俗喜事功，尚意气，而其流也失之夸。”“东北五乡”，即上海县辖境。这就是说，至迟到明代正德年间在时人的心目中上海民俗文化已显示出自己独特的个性。

尹继佐

民俗文化由长久的历史积淀而成，是与居民生活密切相关的衣食住行、礼仪、信仰、风尚、娱乐等民间风俗习惯的总和。它蕴藏于普通老百姓中间，与千百万人的日常生活浑然一体，并在社会变迁过程中表现为一种无意识的力量。所以，黄遵宪曾说："风俗之端，始于至微，抟之而无物，察之而无形，听之而无声；然一二人倡之，千百人合之，人与人相接，人与人相续，又踵而行之，及其既成，虽其极陋其弊者，举国之人，习以为常；上智所不能察，大力所不能挽，严刑峻法所不能变。"又说："礼也者，非从天降，非从地出，因人情而为之者也。人情者何？习惯也。川岳分区，风气间阻，此因其所习，彼因其所习，日增月益，各行其道。习惯既久，至于一成而不可易，而礼与俗皆出于其中。"这两段出自《日本国志·礼俗志》的话，非常鲜明地点出了民俗文化的两大基本特性，即公共性和稳定性。

所谓公共性，是指任何一种民俗事象都不是个体的，而是特定区域人群的"共有的习惯"，因此，它具有超越个体的普遍性；所谓稳定性，则是指一种民俗事象一旦形成，就不容易改变，因此，它又具有超越时间的恒久性。正因为民俗文化具有超越个体的公共性和超越时间的稳定性，所以，它常常在社会整合、族群凝聚和身份认同等方面都扮演着非同寻常的角色。

然而，民俗文化的公共性和稳定性是建立在特定的生产方式和生活方式基础之上的，一旦这种生产方式和生活方式发生剧烈的变迁，民俗文化也会随之而发生相应的变化，不可能"一成而不可易"。清嘉庆《上海县志》称："上海故为镇时，风帆浪舶之上下，交广之途所自出，为征商计，吏鼎甲华腴之区。镇升为县，人皆知教子乡书，江海湖乡，则倚鱼盐为业。工不出乡，商不越燕齐荆楚。男女耕织，内外有事。田家妇女，亦助农作，镇市男子，亦晓女工。嘉靖癸丑，岛夷内讧，闾阎凋瘵，习俗一变。市井轻佻，十五为群，家无担石，华衣鲜履，桀诘者舞智告讦，或故杀其亲，以人命相倾陷。听者不察，素封立破。士族以奢靡争雄长，燕穷水陆，宇尽雕楼，臧获多至千指，厮养舆服，至陵轹士类，弊也极矣。”这段话说的就是上海置镇以来随社会变迁而来的民情风俗的变化。

开埠以后，受中外贸易通商的推动，上海以惊人的速度朝着近代化国际性大都市迈进。在这个过程中，上海从城市规模到市政格局，从生产力到生产关系，从社会结构到城市功能，从市民生态到市民心态，从生活方式到价值观念，无不发生了异乎往古的深刻变迁。伴随都市化的进程，以及城市社会经济的结构性转型，特别是1895年以后现代工业制造业的发展，上海的城市人口急剧增长，据统计，上海人口1852年为54.4万，1910年为108.7万，1920年为225.5万，1935年为370.2万，1949年为545.5万。在不足一百年的时间里，上海人口增长了近十倍。上海人口的这种超乎常规的惊人增长，充分显示出上海无所不包的巨大容量、吞吐吸纳的恢宏气概，以及前所未有的多样性，同时也造成了上海中外混杂、多元并存的社会情境：

> 上海真是一个万花筒。……只要是人，这里无不应有尽有，而且还要进一步，这里有的不仅是各种各色的人，同时还有这各种各色的人所构成的各式各样的区域、商店、总会、客栈、咖啡馆和他们的特殊的风俗习惯、日用百物。
>
> （爱狄密勒：《上海——冒险家的乐园》）

> 上海一隅，洵可谓一粒米中藏世界。虹口如狄思威路、蓬路、吴淞路，尽日侨，如在日本；如北四川路、武昌路、崇

明路、天潼路，尽粤人，如在广东；霞飞路西首，尽法人商肆，如在法国；小东门外洋行街，多闽人洋号，如在福建；南市内外咸瓜街，尽甬人商号，如在宁波。国内各市民、外国侨民类皆丛集于此，则谓上海为一小世界，亦无不可。

（胡祥翰编：《上海小志》卷十）

这是一个真正意义上的移民城市，据1885年至1935年的上海人口统计资料显示：上海公共租界非上海籍人口占上海总人口的80%以上；即使在上海“华界”，非上海籍人口一般亦占75%左右。1950年的上海人口，上海本地籍仅占15%，非本地籍人口占85%。就是说，移民构成了上海城市居民的主体。这些移民包括国内移民和国际移民，国内移民来自江苏、浙江、广东、安徽、山东、河北、福建、山西、云南、东三省等全国18个行省，其中以江浙移民人数最多；国际移民来自英、美、法、日、德、俄、印度、葡萄牙、意大利、奥地利、丹麦、瑞典、挪威、瑞士、比利时、荷兰、西班牙、希腊、波兰、捷克、罗马尼亚、越南等近四十个国家，最多时达15万人，其中1915年前以英国人最多，1915年后以日本人最多。不同的移民群体带来了各具特色的民俗文化，极大地丰富了上海民俗文化的内涵与外延，所以，才会有所谓“万花筒”、“小世界”之说。

与城市社会经济结构的改组、都市社会生活的确立，以及来自五湖四海的移民的汇聚相适应，在“欧风美雨”的洗礼之下，近代以来上海民俗文化发生了令人瞩目的变化。这种变化主要表现在两个方面：一是“洋俗”的东渐，受其影响，上海风俗日趋洋化，洋气弥漫；一是随着近代工商社会的形成和社会生活的变迁，上海本地风俗以及各地移民偕来的俗尚在上海都市的时空中发生了明显的嬗蜕，并逐渐形成与近代都市生活同步的都市习俗，从而为中国社会的现代变迁提供了一个先锋性的标本。“洋俗”的东渐，以及本地民俗的嬗蜕和各地移民带来的各式各样的

民俗，使上海民俗文化呈现出洋俗与土俗混杂、新俗与旧俗并存的特征。这种特征不仅体现于服饰、饮食、婚丧的嬗变之中，而且体现于年节、娱乐和时尚的日常狂欢与流行之中。多元混杂和并存，促进了不同风格、不同形式的民俗文化的互渗与交融，使上海真正成为展示全国各地的民俗文化乃至世界民俗文化的博物馆。这里展出的，既有上海根深蒂固的本地民俗文化，也有许多具有浓厚异地色彩的民俗文化，还有充满浓郁异国情调的民俗文化，真正呈现出一种海纳百川、兼收并蓄的“海派”风格。

新中国成立以后，“科学的、民主的、大众的文化”成为社会主义先进文化建设的目标和方向，这一追求迅速汇成了一股席卷全国的革故鼎新的潮流。正是在这种潮流的洗礼之下，上海民俗文化又发生了深刻的变化：一些与“科学的、民主的、大众的文化”不相符合的旧陋民俗事象，诸如帮会的习俗、迷信的习俗等等销声匿迹了，而另一些过于复杂繁缛的传统民俗得到了彻底的简化。与此同时，又涌现出一大批市民喜闻乐见、内容充实、文明健康的新型民俗。这样，又使得上海民俗文化呈现出活力充沛、日新又新的特点。

“国之形质，土地人民社会工艺物产也，其精神元气则政治宗教人心风俗也”（蒋观云：《海上观云集初编》）。作为上海这座东方大都市的“精神元气”，上海民俗文化五色斑斓、底蕴深厚。它是上海城市个性的表征，也是上海城市文化的根。根深才能叶茂。但是，当今全球化已成席卷之势，原本口耳相传和习得方式传承的民俗文化正在快速式微，甚至归于泯灭，已是不争的事实。在这种背景下，如何寻到这个城市文化之根，又如何培植这个文化之根，已成为摆在我们面前的一项异常艰巨的时代课题。

正是基于这种考虑，我们组织编纂了多卷本的《民俗上海》，原则上每个区县一卷，以图文并茂的方式向世界展示上海民俗文化的瑰丽画卷，并试图通过这一努力唤起全社会对上海民俗文化的关注。

Foreword

By YIN Jizuo

The history of Shanghai, if traced to the archeological unearthings of the Majiabang Culture, is already 6000 years long; if traced to the establishment of the county administration in the 28th Year of Zhiyuan Period during the Yuan Dynasty (i.e., 1291 AD), is over 700 years long; and if traced to the opening of the port in 1843, is then over 160 years long.

Our forefathers, inhabiting in this piece of land that was for long an out-of-the-way seaside place, carved out nevertheless an increasingly plentiful material life, and created a colorful local-specific folk culture. As described in The Records of Songjiang Prefecture published in Zhengde Period of the Ming Dynasty, "The five town areas in the northeast, or areas "on the sea" (literally "Shanghai" in Chinese), show a clear distinction from other areas in terms of customs and habits. Engaged in sea-related commercial activities instead of only in farming and weaving as in their southern neighbors, people in Shanghai demonstrate an enterprising spirit in both words and deeds, rather than strictly following the tradition or succumbing to public opinions." "The five town areas in the northeast" mentioned here later on became the county, and then the city of Shanghai. This means clearly that during the Ming Dynasty at the latest, Shanghai began to exhibit a rather distinct folk culture as recognized by successive generations of observers.

As a distillation of long-time historical experiences, folk culture is a

sum-up of folkways related with such basic necessities of life as food, clothing, shelter and transportation, as well as rituals, beliefs, mores, entertainment, etc. Obviously, folk culture is knitted deeply and pervasively into the daily life of all living beings, and constitutes a silent but dominant force in social changes. Huang Zunxian, a modern Chinese scholar-official, is quoted as saying, "Customs may start from something extremely tiny, almost intangible and unobservable at the outset. However, quite commonly, once initiated by even a couple of leaders, they may be followed by hundreds and thousands of people. With their spread from person to person, customs, including those injurious ones, can become so established that a whole nation may practice them as something innate and natural. When entrenched in them, even the most thoughtful philosophers are not always aware of customs, and intentional activities or even penal sanctions can prove helpless in face of them." These observations have revealed to us the two fundamental features with folk culture, i.e., communality and stickiness.

By "communality", it is meant that every habit or custom is not individual-specific, but shared by a whole community in a particular locale, thus demonstrating a sense of universality. By "stickiness", it is meant that once formed, customs and habits are hard to change, therefore showing a feature of endurance. Thanks to its commonality and stickiness, folk culture invariably makes a major presence in social integration, ethnic solidarity building, identity recognition, and so on.

It should be noticed, however, that community and stickiness of folk culture are, in the final analysis, based on particular modes of production and ways of life. When such modes and ways change radically, those elements in folk culture are bound to experience certain correspondent evolution. For example, according to The Records of Shanghai County published in Jiaqing Period of the Qing Dynasty, "When Shanghai was only a small town, various sailing boats visited the place, giving rise to business transactions and an accumulation of wealth. After the town was raised to a county status, fishing and salt-making became active trades in the coastal region, while industry and commerce developed generally alongside agriculture. The typical pattern in a household was a basic division of labor with the male doing the farm work and the female doing the spinning and weaving. When the overseas invaders came, the basic socioeconomic structure changed fundamentally, with traditional mores eroded steadily. Instead of following the callings of their parents, youngsters idled about, squandering whatever left in the family, and even engaging in criminal acts. Meanwhile, the elites in the community competed with each other in leading an extravagant life, seriously undermining the traditional social and cultural atmosphere." These remarks reflect the change in folk culture during Shanghai's early modern transformation.

After becoming an open treaty port in the mid eighteenth century, Shanghai embarked on its journey towards a modern international metropolis, chiefly driven by the booming trade between China and the outside world. This process certainly witnessed profound and far-reaching changes in the scale and role of the city, its productive forces and production relations, ways of livelihood for its dwellers, and the mindset of the ordinary people. Particularly noteworthy were the development of modern manufacturing after 1895 and the concomitant rapid growth of population. Statistics show that the population in Shanghai, only 540 thousand in 1852, doubled to 1.087 million in 1910, 2.255 million in 1920, 3.702 million in 1935, and further to 5.455 million in 1949. This means that together with industrial upgrading and economic growth, the population increased by nearly 10 times in less than one century. Such unusual population expansion bespeaks unprecedented openness of the city, and implies the huge diversity thus produced. Both the Chinese and the foreigners were impressed by the pluralism found in the dynamic metropolis. In their eyes, Shanghai was really a kaleidoscope, available with all kinds of ethnic groups of both China and the world, and available with all sorts of shops, restaurants, hotels and clubs. In one word, Shanghai was the world in miniature.

The nature of Shanghai as a city of immigrants is fully revealed by its demographic statistics from 1885 to 1935. As recorded, the non-native Shanghai people took up over 80% of the population in the Public Concession of the city; even in the "Chinese Areas", generally 75% or so were non-natives. The census in 1950 shows that only 15% of the people were Shanghai natives, while 75% were non-natives. Obviously, immigrants constituted the lion's share of the population. These immigrants had come from both domestic and overseas sources. Domestic immigrants were mainly from 18 Chinese provinces, including Jiangsu, Zhejiang, Guangdong, Anhui, Shandong, Hebei, Fujian, Shanxi, Yunnan and the three northeastern provinces, with immigrants from neighboring Jiangsu and Zhejiang topping the list in terms of the number. International immigrants were from Britain, America, France, Japan, Germany, Russia, India, Portugal, Italy, Austria, Denmark, Sweden, Norway, Switzerland, Belgium, Holland, Spain, Greece, Poland, Romania, Vietnam, etc. At the peak time, there were 150,000 foreigners from approximately 40 countries living in Shanghai. The British were the predominant immigrant group before 1915, after which they were outnumbered by the Japanese. Various groups of immigrants contributed a rich mosaic of colorful lifestyles to Shanghai, greatly enriching the folk culture in the city. Hence such terms as "kaleidoscope" and "the world in miniature".

In line with the socioeconomic restructuring as well as the gathering of immigrants from diversified sources, folk culture in Shanghai experienced remarkable changes. These changes are mainly evident in two aspects. Firstly, under the influence of western powers, customs and habits in Shanghai began to be imbued with lots of foreign elements, particularly with European and American styles. Secondly, with the emergence of a business-based society, all existing folkways, whether native or foreign, came to be incorporated into one unique modern folk culture in tune with a modern urban life. Changes in these two aspects harbingered the process of modernization for China, and Shanghai was in every way a pioneer in this historical process. This overarching process, of course, involved the transformation, juxtaposition and combination of things native, Chinese, foreign as well as traditional and modern. The hybrid nature of a resultant folk culture was reflected in costumes, food, marriage and funeral ceremonies, festivals, entertainment and almost all other aspects of social life, so much as that Shanghai was truly a museum of countrywide and worldwide folk cultures. When people talk about nowadays the "Shanghai style", they just mean this all-embracing incorporation of diverse things, as shown in particular by this co-existence, cross-learning, mutual blending and hybridization of folk cultures here.

After the victory of the Communists, the so-called "scientific, democratic and mass-oriented culture" became the direction of the socialist cultural construction, inaugurating a massive wave of nationwide transformation in all walks of social life. Folk culture in Shanghai therefore became transformed once again in an in-depth manner. Certain faulty folkways like rituals in underground gangs and superstitious practices, considered to be not in tune with the new socialist culture, were eliminated, while some other folkways, now seemingly over-elaborate and redundant for a down-to-earth state and

society, were drastically simplified. In the meantime, lots of civilized and healthy folkways with substantial contents and popular with the masses became established, thus giving rise to a regenerated folk culture full of new vigor.

It is now acknowledged that folk culture, as an embodiment of politics, religion, morality as well as ways of life, is a software of a nation, just as the environment, produce, and other physical objects constitute its hardware. In this sense, the long-running, colorful and dynamic folk culture in Shanghai is the crucially important software of this metropolis, endowing it with roots, identity, and functions as well. Currently engulfed in a new wave of globalization, Shanghai can definitely continue to develop its own folk culture by accommodating to the influx of external cultures. However, a great amount of its folk culture is also being changed or even lost, including those age-old folkways that have been transmitted from mouth to mouth or from hand to hand. While not feeling sentimental about this transformation or loss, we feel it our responsibility to make a record of the folkways that were or still are an integral part of our life, believing that they are, besides giving us warm memories, also one type of resources that we and our future generations can draw upon in forging ahead.

It is guided by this belief that we have decided to compile this multi-voluminous work of Folk Culture in Shanghai, devoting in principle one volume to one district or county. We hope that the well-illustrated volumes will present to the public a multi-dimensional picture of the folk culture in Shanghai, earning not only wide interest but also thoughtful insight in this cultural topic.

目录

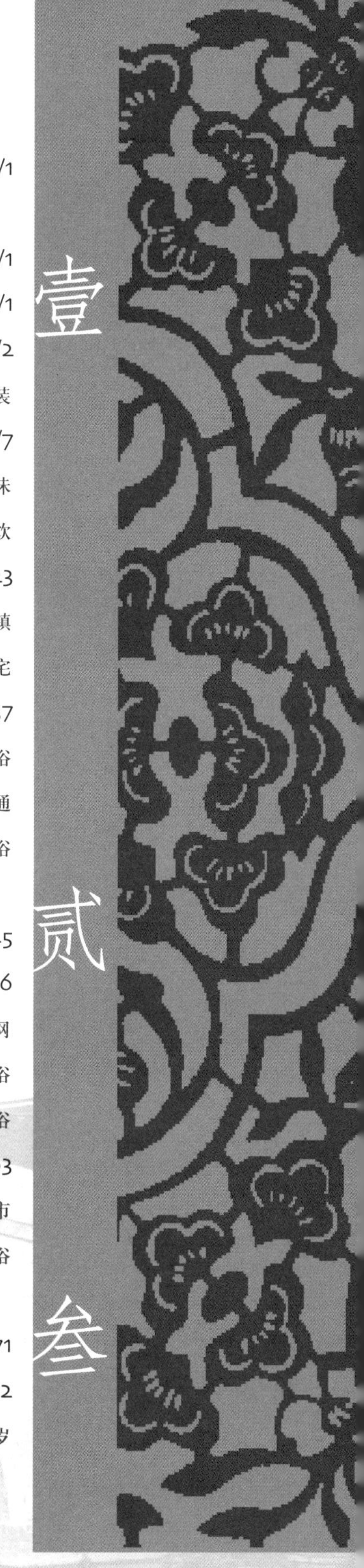

陆
柒
捌

前言

奉贤，上海市辖区。位于上海市南部，南临杭州湾；北倚黄浦江，与闵行区隔江相望；东临南汇区；西与金山区、松江区毗连。有13.7公里长的江岸线和31.6公里的海岸线，是一个风光秀丽的滨海城区。全区土地面积704.68平方公里，耕地面积27838公顷。

奉贤区临江濒海，属于亚热带季风气候，常年主导风为东南风，气候温润，日照充足，雨水充沛，四季分明。空气降尘量是上海市中心的十分之一，空气质量是上海陆地部分最好的。区内地势平坦，属长江三角洲冲积平原。2004年降雨量1162毫米，无霜期225天，年平均气温15.7℃。

距今约四千年，境内已有人类栖息。春秋战国时期先属吴、越，后属楚，秦、汉、两晋、南朝宋、齐时归海盐县，南朝梁、陈时原海盐县东部置前京县，地属前京县。隋文帝开皇九年(589)，前京并入常熟县，至开皇十八年(598)，析出东南境置昆山县，地属其境。唐睿宗景云二年(711)，海盐复治于马嗥城，先后隶于苏州和吴郡，地属其境。唐天宝十年（751）置华亭县后，直至清初该区一直属华亭县境。清雍正四年（1726）置奉贤县，辖原华亭县东南部白沙、云间乡。民国年间隶江苏省第三区行政督察专员公署。1933年冬，南汇县15个乡镇的3.5万余亩农田划入奉贤县，县境从此滨浦。解放后隶属于苏南行政公署松江专区，1952年隶属江苏省松江专区；1958年3月，撤松江专区，改隶苏州专区；1958年11月全县划归上海市；2001年8月24日，奉贤撤县设区。2001年前，原奉贤县辖22个镇1个开发区，2003年1月撤并为7个镇(南桥镇、奉城中心镇、金汇镇、四团镇、青村镇、庄行镇、柘林镇)，市属农场奉贤部分筹组为海湾镇，并成立海港综合经济开发区。区府驻南桥镇，距市中心42公里，面积704平方公里。2007年末，全区户籍总户数20.96万户，户籍总人口为51.33万人，外来流动人口35.45万人。

奉贤因相传孔子弟子言偃来境讲学，后人为敬奉贤人而得名，“敬奉贤人，见贤思齐”成为奉贤地域文化的人文精神。历史上，奉贤向以耕织为生，元以来，就是江南地区的棉纺织中

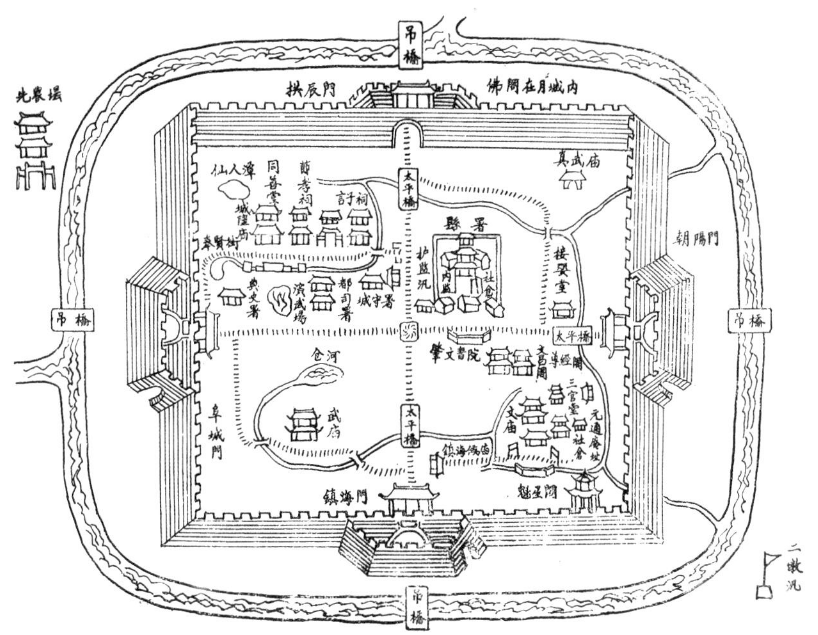

> 奉贤古县城图

心之一，以“耕读”为本，是奉贤悠久的文化风尚，因此，奉贤历史上出现了众多对中国文化起了重要推动作用的文化人。单有明一代，奉贤就出现了众多的文学家、艺术家，如嘉靖朝宰相徐阶，不仅使奸臣严嵩图谋不能得逞，而且著有《世经堂集》、《少湖文集》等传世；被称为“吴中草圣”的张弼，其书法艺术被誉为“善诗文，工草书，怪伟跌宕，震撼一世”；文学家宋懋澄所著《负情侬传》、《珍珠衫》、《刘东山》等后被冯梦龙改写成白话小说《杜十娘怒沉百宝箱》等，收编于《警世通言》等“三言两拍”之中，使小说平话登上文学的大雅之堂，他还是今上海地区的四大藏书家之一；诗人袁凯的诗作多反映人民的生活疾苦，通晓易懂，极富平民性，尤以《检田吏》一篇闻名；文学家何良俊藏书四万卷，著有《柘湖集》、《何氏语林》等戏曲理论著作，《何氏语林》被乾隆帝鉴之为宝，收入《钦定四库全书》，等等。这些奉贤历史上的文化名人的出现，是该地耕读民俗沃土上结出的硕果，也使奉贤民俗有了沉甸甸的文化底蕴。

本书展示了千百年来在奉贤大地上世代传承的民俗全景图，包括衣食住行、生产商贸、人生礼仪、信仰、岁时、体育、游戏、工艺、民间艺术与文学等九个民俗领域，以及这些民俗发展的最新形态，是奉贤第一部系统的民俗著作。从奉贤传承的棉纺织工艺、园林、建筑等民俗中，今人能感受到奉贤先民伟大的物质文明的创造力；从信仰、人生礼仪、民间工艺与文学艺术等民俗中，可以体验奉贤人在精神文明领域的生生不息的文化创造力，如"山歌大王"朱炳良传承的《白杨村山歌》、《林氏女望郎》和《严家私情》是奉贤地区3首长篇叙事山歌，歌词共达六千多行，是罕见的汉族叙事诗，填补了汉族民间文学的重要空白。从山歌基础上发展而来的山歌剧也是奉贤特有的。奉贤还有许多优美的传说故事，都体现了"敬奉贤人，见贤思齐"的人文特色。

在历史长河中形成的奉贤民俗风情，历经岁月风雨，流传民间，世代相袭，内容丰富，弥足珍贵。改革开放后，百业兴旺，经济发展，人们的物质、文化生活水平迅速提高，思想观念不断更新，奉贤的民俗风情发生深刻变化。在沿袭原有风俗的同时，顺应历史潮流，凸显时代特征，增加新的文化内涵。奉贤在农村城市化的过程中更易接受都市文化影响和国际文化辐射，

> 民间竹编

传统节日在传承的基础上注入现代韵味；生活习俗趋向都市化，追求时尚；西方一些洋节的传入，令青年人备添情趣。在当代人生活方式急剧变化的今天，传承本土的良风美俗尤其重要，因为这是奉贤人的文化之根、精神家园。

在撰写本书的过程中，适逢我国非物质文化遗产保护工作全面开展，奉贤民俗中的滚灯已列为国家的保护名录，其他如乡土纸艺、孙文明二胡曲、清音班等8项民俗项目已列为上海市的保护名录。这些蕴涵着奉贤地域特色的民俗项目已开始得到系统的保护，当然这仅仅是一个开始，有更多的民俗资源需要得到及时的保护与传承。

虽然本书的组织者、撰稿者投入了大量的心血与汗水，但囿于时间与水平的局限，本书仍然有许多不尽人意之处，欢迎读者的批评。期盼着这第一部奉贤本土民俗文化的导游书，在不远的将来得到补充与升华。

> 庄行羊肉烧酒

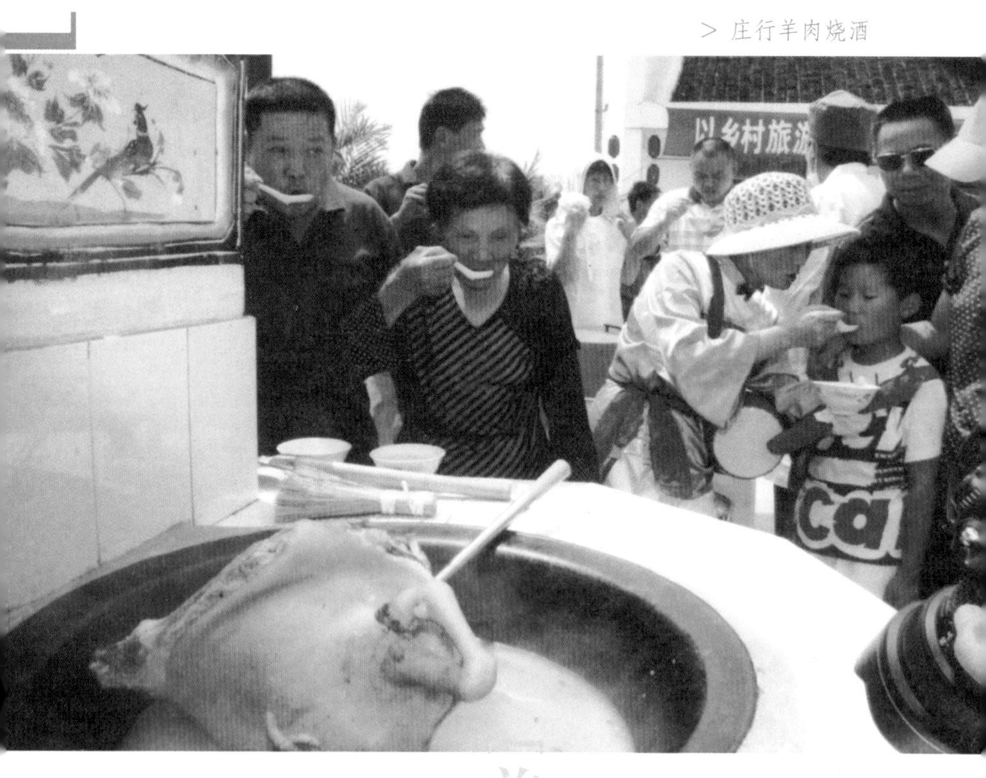

壹 物质民俗

[一] 服　饰

1. 传统服饰与发型

明初，奉贤地区老者服装上长下短，少者上短下长，后渐易两平。式样为“皂隶所穿冬暖夏凉之服，盖胡制也”。后来，先后流行“阴阳衣”、“十八学士衣”等式样。隆庆万历后，又流行道袍式服装。用料有绫、绢、罗、布等。未中举的读书人常穿布袍，故称“布衣”。逢春节，尚穿红袍，儒童年少者，则穿浅红色长袍。

清初，官僚士绅穿各色花素绸纱绫缎长袍，冬以大绒茧绸为料，夏用细葛。庶民一般只用紫花细布或白布为袍。袍内，不分冬夏，无论贫富，都加穿裙。袍的式样，长到脚板，袖宽尺许；后来衣渐短而袖渐大，短仅过膝，裙拖袍外，而袖宽至三尺，再后来，袍又长及脚髁。袍外加外套，即“马褂”。起初，外套短者及脐，后仅比袍短五寸许，再后又短。

明代妇女身穿裙袄，袄用大袖圆领，裙有销金拖。衣裙上刺绣各类图案，甚至有刻丝织文的。清代，农妇穿青衫裙布。市井之妇袖尚小，有仅盈尺者，后大至三尺，与男装相同。自顺治以后，女袖又渐小，后又不过一尺多些。妇女服装配各种装饰，领口裁白绫为云状，披及两肩。胸背刺绣花鸟，还加缀金珠、宝石、钟铃等，步行时叮当作响，称为“宫装”，是家常服装。女裙在明代时较考究，但至清代，不事装饰，唯以长布汲履，用料与男子同。

清末民初，长衫、折叠式大腰裤为士绅、教师、账房先生等平时服装。富家夏天穿纺绸、印度绸衬衣或长衫；冬天穿皮袍，骆驼绒、衬绒袍，也有穿毛料袍子、麦尔登呢袍子。农民及体力劳动者只在喜庆做客时穿布料长衫，平时穿粗布短衣。逢礼，穿长衫加马褂，腰间挂香囊。女子多穿旗袍、大襟服，不穿旗袍的无论冬夏多束裙。

20世纪20年代，男子流行中山装、西装，以青年知识分子为多，一般人仍穿长衫，布料有绸缎、呢料、士林布等，视家境而论。农民服装无大变化，多用自制土布。妇女盛行长旗袍。30年代又流行短旗袍；冬天，短旗袍外加穿皮大衣，旗袍衣料冬为丝绒、锦缎，夏为绫罗丝绸，衣襟上绣花。一般平民妇女多用浅蓝色士林布或土布作料子。

农村流行作裙、兜裤、扎头手巾、蒲鞋、钉鞋、草鞋及布袜等一些特色服饰。

作裙，起源于清末民初，东乡农民束围下身之用。此裙用宽幅深蓝色土布制成，长及脚面，上窄下阔，两侧打裥。平摊成扇子形，上端装腰头系裙带，褶皱成纹，中间制暗袋，男女皆用。直至今天，仍见有农村老人穿着。

兜裤，以深色土布缝制而成，前后打裥，两侧开袋口，形似马裤。男子下田时，此裤罩在外面，保持内衣洁净。现已消失。

扎头手巾，用方形格子土布制成，约40厘米见方。藏青色底，红绿纱打格，其色夏浅冬深。妇女折角扎在头上，既保暖又遮尘。后渐用机制布代替，20世纪70年代起，流行丝头巾、尼龙头巾、羊毛头巾，多围扎在脖子上，作保暖、装饰用。

鞋子，除民间自制布鞋外，还有三种特色鞋：一是蒲鞋，用芦花和稻草编扎而成，穿着暖和；二是钉鞋，用白土布制成蚌壳状，底部圆头钉，外抹桐油，当雨鞋穿，防漏、防滑；三为草鞋，用稻草编扎，四周结出数根攀，供束缚用，走路及下田时穿，现渐淘汰。布袜，用土布缝制，紧脚、底厚，长及膝盖，上端用带系扎，着草鞋时穿，故又名“草鞋袜”。

清代前，受“身体发肤受之父母，岂能毁伤”的儒家思想影响，男女一样，都不剃发。如明代，男子将头发梳盘在头顶成髻，再裹以头巾，头巾因季节而变化。不同社会地位的人束裹不同的头巾，当时头饰也有复古现象，曾仿汉、魏晋、唐、宋时期的头巾，流行一时，后来又被废弃。有些爱美的男子，还在发髻两边插“玉屏花”一对作装饰；又有些童生，在包金上再增两根飘带，以增风流。除巾外，还有帽，有供生员戴的瓦楞鬃帽，后来富贵人家也用；还有罗帽、纻丝帽等帽式，其中有一种称为“六板帽”的，体甚大。

妇女挽头髻，可上溯至秦、汉或更早些。髻，也称“结”，即将头发挽结在头顶，并十分注意头饰的佩戴。

> 农村妇女服饰

清代起，男子发型剧变，统治者法定“薙发”结辫，即剃去前额头发，头顶的头发结成辫子。另受满族头饰的影响，兼收并蓄，使头饰渐变。市井富民，夏戴鬃帽，冬戴绒毡小帽；贫苦者则用单纱、布。清代帽饰尚红色。帽顶覆有红纬或红缨。暖帽多用皮，凉帽用簟（用竹编成）。暖帽有剪绒帽，读书人多戴用。凉帽，初流行扁而大，后来变为高而小，又变为既高又大，再变为扁而大、高而小；另外，尚有用剪藤编篾，也有用细草编成的“帽胎”，制作精细。清末，男子流行瓜皮帽；女子受满族妇女头饰发型影响，纷纷仿效，束发直上指，前高逾尺。光绪年间，妇女以圆髻团结在脑后，覆以细丝网结于髻上，即现代老年妇女亦有梳妆的“头发把”。

辛亥革命后，男子剪辫，中年一般剃平顶和圆顶头，老年剃光头，孩子剃桃子头，青年剃西装头。帽子有瓜皮帽、呢制礼帽（俗称“大鹰帽”）等。再以后，瓜皮帽逐渐淘汰，戴礼帽者日少，六角帽、平顶圆帽、鸭舌帽、翻耳棉帽、老头帽（俗称“行灶帽”）等出现，用料为布、卡其、哔叽、呢绒等。北伐以后，女子剪掉辫子或发髻，女青年一般剪学生头。解放后，男子基本为短发和长发型。短发型有童圆式、平头式、圆头式、平圆式、游泳式等；长发型头路一般为三七开。女子童花式、花辫式、波浪式、云纹式、螺旋式、刘海式等等。

2. 土　布

土布，民间俗称老布。据清乾隆《奉贤县志》卷二《物产》中载："自元以前，中土无所谓棉布也……元至元间有一妪名黄道婆者，自崖州来，乃教土人以捍弹纺织之法，久之而一郡悉习其事矣，又久之而他郡亦习其事矣，迄今棉布之用，衣被天下……按今世布之，佳者首推松江，而松江之布，尤首推奉贤之庄行云。"光绪《重修奉贤县志》载：织布者"吾邑以百里所产，常供数省之用"，松江之布又走出国门。清代中期，土布已远销欧美南亚各国。在伦敦大英博物馆里，陈列着一套19世纪30年代英国绅士的时髦服装，这服装确是中国杭绸衬衫和苏松一带所纺织的棕色土布（紫花布）裤子。其时，奉贤土布名闻遐迩。

清代奉贤境内之南桥、庄行、萧塘三镇开设三家专业染坊，为农村土布织制染色种种。1919年《江苏省实业视察报告书》反映，"奉贤织布之工，从前比户皆是，纯系女工，土名小布……"土布织制，奉贤农村世代相沿不衰，时至20世纪80年代起，随着人民生活的提高，自纺自织土布渐渐减少，90年代起纺织基本绝迹，但农家仍有土布藏之。奉贤土布织制，自元代初起，至今已有七百多年历史，土布的古朴风采，仍闪烁着光辉。

奉贤民间纺织的土布，宽幅有1.4尺、1.7尺、1.8尺（即44厘米、55厘米、58厘米）等数种，其织法分为平布、踏布两种。踏布织制时较为繁琐，须有心灵手巧脚健农妇为之。其品种有包衫布、衬衫布、床单布、被夹里布、头饰 首巾布、杂用白布（俗称本色布）等。除织制布匹外，另有织制花色带子，带子有宽有狭，其特色较花俏。土布式样各异，由二隔二条纹，即左右二条蓝纱中间二至三条白纱；还有三隔二条纹，即左三右二为蓝纱，中间三条或四条白纱。在织布时，按条纹的基础，穿入相等的蓝白等各色预纱，便织成格子布。色彩上以洋蓝色和白色为主的细条纹及细小方格纹，称"轻色布"，此多为衬衫用料。掺入红色、绿色和青莲色纱者为女性衬衫用布；轻色的

宽幅条纹及大格子者，多为床单和被夹里用布。以洋蓝、毛蓝为主；辅以蓝白拌纱者，称“重色布”，细条纹式多为裤料用布，方格式多为上衣包衫用布。掺入红色、绿色和青莲色者，多为年轻女性衣料用布；洋蓝、毛蓝、宝蓝掺入白纱、红纱、绿纱宽格子布多为头饰（首巾）用布。土布式（色）样繁多，花纹各异，大类式样有宽形条纹、细形条纹、方格纹、骰子花纹、芦苇花纹、鸡眼纹、井字纹及提花等。心灵手巧的农妇，常有创新，改变原花纹，故式样越变越多。奉贤东乡所织土布，花纹粗犷，色彩花俏；西乡土布花纹细腻，色彩搭配，显得文雅、细巧、美观。

农家藏之土布，视为财富，若有女儿出嫁，陪嫁土布越多，越显娘家之富。

3. 现代时装

解放初，男的流行中山装、列宁装、学生装、西装裤等，穿长衫、马褂者日少，各阶层服装渐趋一致。女穿列宁装、学生装等，但中年以上妇女多穿大襟或双面扣中式服装。“文化大革命”期间，服装色彩极为单调，青年人以穿黄军装、军便服，扎皮带、挎黄布包为荣；女青年服装与男子同。除此外，仅有两用衫等，色彩单调，以黄、蓝、灰为主。

改革开放以来，男装的质料、款式、色彩日趋丰富，呢料、皮毛、真丝、化纤服装成为流行衣着，西装、牛仔服、皮茄克、休闲衫层出不穷。中老年服装也趋向年轻化，女装更是以日新月异之势态发展，时有“新潮”服装推出，色彩绚丽，式样新颖，特别是女青年，争学“海派”，互比时髦，成了大街上一道亮丽的风景线。

[二] 饮　食

1. 概　述

解放前，奉贤东半部及沿海地区以大麦、玉米和山芋为主食，大米少量。麦子和玉米磨成粉，待大米煮至半熟，把麦粞或玉米粉搅入，一煮一焖，即成“麦粞饭”或“玉米粉饭”。西半部常把麦子轧成片状，和大米同时下锅煮，称“麦片饭”。大米杂以青菜煮成干饭，叫“菜饭”或“咸酸饭”。稀饭多掺杂粮，如绿豆、赤豆、麦粞、玉米粉、山芋干等。解放后，以大米为主食，粥饭中渐少掺杂粮。

奉贤人一般不喜面食，有“吃煞馒头不当饭”之说，且不善加工，吃面食多为购买现成的面制品或半成品（如面条、馄饨皮等），多为调节口味。在粮食制品尤其是速冻食品丰富的今天，吃面条、馒头、馄饨、饺子、汤圆、麦片粥更是为了调节口味，增加营养。

奉贤东部地区及沿海地区，一日三餐居多；西部地区偏重一日四餐。农忙时节，一日三餐，均为干饭；农闲时，早为粥，中、晚为干饭。一日四餐者，早为稀饭，中、晚为干饭，下午3点左右吃点心，如馒头、面包、馄饨、面条、塌饼之类。

在烹调方面，以红烧、生煸、生炒、生炸、生炖、生蒸及生煎为主。一般要求酥烂，味略咸，浓而不腻，烂而不糊。沿海地区口味偏咸。素菜重油，不重花色。口味有香、脆、松、肥、浓五滋和甜、酸、鲜、辣、咸、香六味。常用调味品为菜油、食盐、味精、生姜、小葱、酱油、米醋、黄酒等。

在菜肴上，家常菜名目繁多：

肉类方面，有红烧肉、炒肉丝、炒肉丁、炒猪肝、炒肚片、白切羊肉等。

鱼类方面，有红烧鲫鱼、清炒青鱼、油爆黑鱼、红烧鳗鲤、红烧蛤蜊、清蒸甲鱼、盐水虾、河蟹等。

禽类方面，有白斩鸡、红烧鸡、红烧鹅、酱鸭等。

蛋类方面，有炒蛋、炖蛋、荷包蛋，酱烩蛋等。

蔬菜方面，有炒青菜、炒菠菜、炒芹菜、炒韭菜、炒洋葱、炒茄子、炒黄瓜、炒刀豆、生煸苜蓿等。

豆制品方面，有红烧豆腐、炒干丝、炒面筋等。

家常菜一般为荤素搭配烹制，花色繁多。沿海人喜食生海货，如呛蟹、呛白虾、呛蛤子、醉黄泥螺等。

凉拌菜常见的有糖醋黄瓜、清捏茄子、凉拌莴笋、马兰头豆腐干、拌芹菜、清捏菜梗等。

特色菜有生煸鳝丝、虾酱炖蛋、田螺嵌肉、神仙肉、蟹腐皮、乳腐肉等。

传统菜有走油蹄子、清蒸火鳖（甲鱼）、蝴蝶虾仁、糖醋蒜头、酱爆墨鱼卷等。

民间自制的点心主要有馄饨、圆子、塌饼、粽子和馒头；点心店生产的有大饼、油条、糕团、麻球、春卷、烧卖、脆麻花等。

特色点心有蟹壳黄、青龙团、豆黄团等。

奉贤民众多喜喝茶，讲究喝天落水（雨水）茶，尤其是沿海地区河水咸而雨水清淡，习惯用以敬客。近年来由于自来水遍布城乡，加上环境污染，很难喝到雨水茶了。民间亦有很多自制消暑凉茶，如大麦炒熟后泡制的“大麦茶”，生姜切片煮沸的“生姜茶”，佩兰叶泡成的“佩兰茶”，橘皮泡制的“橘皮茶”等等。

20世纪30年代，机制饮料如汽水、橘子水（俗称荷兰水）等自上海运来出售，但被视为奢侈品。解放初，饮料如棒冰、雪糕等由私人用自行车自邻近上海的南汇周浦、新场等地运来出售。20世纪60年代起，机制冷饮逐渐遍及城乡。改革开放后，饮料日益丰富，除上述民间自制茶水外，麦乳精、咖啡、牛奶、可乐、矿泉水、纯水、橘子水、雪碧等已成为家常饮料。

2. 节时饮食习俗

(1) 过年食俗

腊月二十三日称为“小年”，进入过节准备阶段，人们忙着磨粉、蒸糕、做汤圆、爆米花、酿酒，富户杀猪宰羊，除夕之夜，全家聚餐，俗称“吃年夜饭”。“年夜饭”特别丰盛，各种菜肴皆有象征意义，如

> 包元宵

肉圆象征团圆，鱼象征吉庆有余，粉丝象征年寿长久，菠菜象征甜蜜到根。富户吃“年夜饭”从腊月二十三日就开始，亲朋轮流聚餐。

春节早晨喝蜜枣糖茶，或食扁豆红枣汤、年糕、汤圆。一部分人全日吃素，食粉丝、油豆腐炒青菜、豆腐干等。客人来访，主人装“九子盘”（即九样糖果）或以蜜枣糖茶招待，拱手互祝“恭喜发财”！正月初四，为“财神”生日，晚上，店家邀请亲友、同行与店员喝酒，称“财神酒”。正月十五为元宵节，民间习俗吃汤圆，象征全家团圆。汤圆有的呈花苞形，称“花苞圆”；有的呈稻堆形，称“稻堆圆”，寓意粮棉丰收。

（2）清明节食俗

旧俗清明前一天，禁火寒食，家家吃干粮，吃冷饭，喝凉水，为“寒食节”。清明节这天，人们习惯吃青蒿和糯米粉做的“青龙团”。

（3）立夏食俗

此日，家家吃蚕豆、米苋、草头（苜蓿）、柚子。孩子们争吃茅针和白煮蛋。旧谚曰：“立夏不吃草头，吃了无人叩头”，“立夏不吃梅，死了无人来”。

（4）端午节食俗

农历五月初五为端午节。是日，人人吃粽子。粽子形状有三角锥形和四角枕头形两种，常以鲜肉、咸肉、火腿、红枣、豆沙等为馅心；还有吃“五黄”（即黄鱼、黄瓜、黄鳝、黄豆芽和雄黄酒）的习俗，孩子们不会喝酒，大人便以雄黄酒在孩子额上写个“王”字，以避生毒疮。旧谚曰：“五月五，买条黄鱼过端午”，食黄鱼必不可少。

（5）立秋食俗

此日人们有吃西瓜的习俗。

（6）七夕食俗

农历七月初七相传是牛郎织女鹊桥相会之日，俗以是日为巧日。另说是妇女向织女乞求智巧，故称“乞巧节”。清乾隆《奉贤县志》载：“七月七日，陈瓜果作乞巧会，揉面为巧果，及煎茄苏蚕豆，俱油烤之。”

（7）七月半食俗

农历七月十五日，为“中元节”，俗称“七月半”，流行祭祖，但

> 端午包粽子

不必上坟，仅在家中祭祀一番，有的还请亲戚吃饭，称“吃七月半”。时因庄稼尚未成熟，故菜肴简单，称之“苦恼七月半”。

(8) 中秋节食俗

农历八月十五日为中秋节。此夜，有点燃香斗祭月宫的习俗。每户祭品有月饼、芋艿、菱、藕和毛豆荚等，祭毕，分食月饼，如有人外出，切下一小块留着，表示团圆。穷人常以塌饼代替月饼。这天回娘家探亲的妇女，必须回夫家过节，同吃“赏月饭”。

(9) 重阳节食俗

农历九月初九为重阳节，民间有赏菊、饮菊花酒和吃重阳糕的习俗。重阳糕为糯米制品，有方圆之分，糕上印有花纹。有些地方，母亲要给出嫁的女儿送去重阳糕，表示“步步登高”。

(10) 十月朝食俗

农历十月初一为“十月朝”，旧俗家家户户要祭祖。十月是庄稼登场季节，祭祖菜肴十分丰盛，故有“大富十月朝”之民谚，在此期间，邀请亲朋聚餐，俗称“吃十月朝”。

(11) 冬至食俗

民间呼为“冬节”，又叫“小年”，历来有“冬至大如年”之说，意即此节胜似过年。此日，人们设斋祭祖，相互赠送食物，叫做“冬至盘”。富户于冬至夜聚餐，穷人不能，故有“财主冬至夜，穷人冻一夜”之说。老板自冬至日起，招聘收账人员，共饮“冬至酒”后四出收账。

3. 传统风味

位于杭州湾畔的奉贤，江河纵横，田地肥沃，奉贤人祖祖辈辈不懈农耕，不辍渔牧，创造了灿烂的文明和丰饶的物产，形成了自己的传统风味。

(1) “豆腐三官堂”

三官堂镇（今光明镇）西距奉贤城五公里，宋元时，镇周边乡村豆腐作坊兴起，尤以镇东杨王规模最大，设店成市。相传，三官堂豆腐出名与明代政治家、文学家刘伯温有关。元末明初，三官堂佛事鼎盛，朱元璋诏令军师刘伯温在三官堂看“风水”，建造屠氏庙。屠氏庙

规模巨大，屋宇多达一千余间，和尚数百人。内设豆腐作坊。僧尼戒斋食素，乡民祭祀用素食。受宗教文化影响，素食豆制品业在三官堂与日俱增。清康熙年间，包括杨王在内的多家豆腐作坊迁址镇内。

三官堂豆腐的特点是：色，雪白如玉脂；质，细嫩不易碎；食，上口滑而不腻。民间歌谣赞曰："三个老爷坐一堂，一无典当二无行。豆腐摊贩挤满巷，众称豆腐三官堂，买块豆腐烧只汤，一家吃得精精光。"

三官堂豆腐还挑担穿街走巷叫卖："豆腐——三官堂！""三官堂——豆腐！"意思是三官堂豆腐是正宗货，品位高。久而久之，"豆腐三官堂"的名声便流传开了。

(2)"崇缺鲫鱼腊板黄"

"五月里石榴黄，锉刀锯子出南翔。广东夏布机上白，崇缺鲫鱼腊板黄。"这是《沪谚外编》中以十二月花名咏唱名优物产的歌谣。"崇缺鲫鱼腊板黄"说的是奉贤物产崇缺鲫鱼名扬沪上。

崇缺是奉贤西南海边的一个小集镇。"腊板黄"鲫鱼的特点是两头小，肉段大，脊背阔，肚皮肥壮，鱼鳞呈金黄色。个儿大的每条达一市斤，小的也有三、四两。肉嫩而肥，口味鲜美，其营养成分比一般鲫鱼高，煮成鱼汤可做病人和产妇的滋补佳品。

崇缺鲫鱼"腊板黄"是当地独特的水质与自然环境造就的。崇缺地处海边，夹塘（两条海塘之间）里是静水河，其水味咸，土质含沙而色黄，河里有肥壮青嫩的芦根和壮草，鲫鱼长得特别肥壮，鱼体又呈黄色，"崇缺鲫鱼腊板黄"由此得名。

(3) 柘林铁梗青蒿

野生的铁梗青蒿，属菊科，多年生草本，是奉贤柘林地区的特产，环镇数里都可见到。青蒿茎梗直立，高1.6米以上，香气足而味微辣。每年秋收时节，常有运输船将晒干的柘林铁梗青蒿运往上海药栈，并销往各地。中药铺除将柘林铁梗青蒿直接用作中草药配剂外，还特别制作消暑的清凉饮料，当堂销售。在苏州和南京的多家中药铺前悬挂着"柘林铁梗青蒿露"的招牌，曾一度成为名闻遐迩的金字招牌。苏州一家中药铺曾将此金字招牌，一直悬挂到20世纪50年代。

> 庄行老街

(4) 高桥天花粉

天花粉，俗称杜瓜粉，又叫玉露霜。多年生攀援草本植物“栝楼”，亦称“瓜蒌”，俗名“杜瓜”。其富含淀粉的肥厚块根，经加工制作成粉剂后即称天花粉，有清热、生津功能，可治疗热病、消渴等，亦是一种滋补性的饮食佳品。

约在清朝光绪三年(1877)，高桥地区贩售药材的肖姓商人发现杜瓜的药用价值，并将挖掘瓜根进行制作的经验介绍给左邻右舍。嗣后，采挖杜瓜根制作天花粉的工艺很快地在高桥地区农户中流传开来。故民间有“要吃天花粉，掘起杜瓜根”之民谚。将杜瓜根洗净研末，沉淀后（或用搓浆袋）沥去水，再晒干后揉捣，即成天花粉。百斤块根可制成天花粉13～16斤。清末民初，“肖记玉露霜”最享盛名，民国十一年（1922）《奉贤乡土志记载》：“天花粉色白像雪，南高桥肖姓做得最是有名”。时至民国二十二年（1933），“金正记天花粉”被列为江苏省土特产展览会展品之一。“高桥天花粉”在上海地区更加出名，不少南货店也有出售，成为市面上的畅销品。

抗日时期至解放前夕，高桥天花粉产量减少；解放初期，高桥地区农户又利用冬春农闲时间，采掘杜瓜根，并以世代相传的技艺，严选加工精制，高桥天花粉又声名远扬，被市场看好。20世纪60年代后，柘林周围青蒿几近灭迹，高桥天花粉也逐渐消失。

4. 饮食名镇庄行

庄行镇位于奉贤西部，水系发达，盛产野生中草药材，如马兰根、地丁草、车前草、马鞭草、鱼腥草、益母草等，因此，以青草为食的庄行草山羊，被称为食补与药补相结合的双料补品。

古时候，庄行地区农户有养草山羊的习惯。他们称：一只山羊半分田，油盐酱醋全靠它。人多数农户以散放为主，常常是一只山羊拴一条绳、一根桩，在田埂、小河边、滩涂上吃青草。散放羊有毛色光亮，肉质结实、鲜美之特点。庄行草山羊生长期一般在8～12个月，重量可达30公斤左右，是方圆百里的首选羊。

大户人家把圈养和散放相结合，喂以野草、菜皮和水生饲料，越

> 羊肉烧酒

> 鼎丰乳腐

冬喂以青草干和豆萁。公羊、母羊、大羊、小羊分栏饲养，采用自然交配，母羊一般产 5～7 胎后淘汰，产下雄羊两周后阉割。

在庄行，小暑来临的时候，正是新酒酿成，羊肉肥美之时，所以，夏天里吃羊肉烧酒的习俗在庄行延续至今。民国初年，羊肉烧酒就是闻名遐迩的地方特产，当地村民也形成了切上一份羊肉或羊脚、羊肝等，端上一壶白酒或黄酒上席待客。现在，在庄行镇的周边地区，如闵行、青浦等，夏天吃羊肉烧酒的人非常多。

5. 特产加工

(1) 鼎丰乳腐

清同治年间，浙江海盐人萧卫国把原在上海莘庄开设的“萧鼎丰”乳腐作坊迁至奉贤南桥镇东街，经萧宝山继承与发展，鼎丰乳腐具有色泽悦目、香气醉人、酥软细腻、滋味鲜美、富有酒酿味等特色。据《奉贤县志》记载，清代鼎丰乳腐销往京津，每年达千坛之多。有一奉贤人陈氏高中翰林，官至山西学台，有次探视返里，用京城同僚馈赠的名产乳腐待客，不料打开坛盖，原来千里迢迢带回来的京城乳腐竟是家乡产品。鼎丰老板便精心制作了一块金字招牌，上书“进京乳腐”

高悬店内，从此“进京乳腐”声名雀起。

鼎丰乳腐酿造工艺采用手工操作，其制法是先筛选黄豆，然后用石磨进行手工平磨黄豆，由人工分离豆浆，用谷糠作燃料，手拉风箱大铁锅煮浆，然后再经过制坯、划坯，发酵，加卤酒、配料等十几道工序。

20世纪50年代后，前期发酵开始菌种培养，乳腐发酵开始保温，使鼎丰乳腐酿造工艺向前发展了一大步。60年代，人工培养毛霉菌取得成功，发毛长而周密，发酵时间由7～10天缩短为3天。70年代，鼎丰乳腐腌坯由静态改为动态式腌制，80年代，后发酵成熟期添加米糕即淀粉质，增加了酶的元素。90年代，增加了各种花式品种，分别展现了红、白，鲜、甜、咸、辣等口味。现在鼎丰乳腐酿造工艺经过制酒、制坯、前期发酵、腌制和配方，后期发酵等53道工序，并新研发了鼎丰 mm−1 乳腐毛霉菌等。目前已发展到20多个品种，有精制玫瑰、火腿、蘑菇、桂花、小红方等，其中进京乳腐、玫瑰乳腐、糟方乳腐尤为受到广大群众的喜爱，出口15个国家与地区。

(2)“上海茅台”神仙酒

上海神仙酒厂原名四团酒厂，建于1958年，位于奉贤四团镇新桥村，厂区三面临河，水清景美。改革开放后，四团酒厂改名为“上海

> 上海神仙酒城

> 神仙酒厂酒窖

神仙酒厂”。为了培育曲种，该厂采用苏州山泥，在窖泥中拌入鲜水果汁等，从而使“神仙酒”绵甜爽净、浓香协调、回味悠长。经过多年研制，目前已形成“白酒、黄酒、米酒”三大类三十多个品种，出口意大利，开创了上海历史上首次出口白酒的历史。

6. 茶　饮

宋元以来，奉贤境内大小集镇密布，每个集镇均有茶馆（茶园）。民国时代，茶馆兴盛，南桥镇有大小茶馆21家，就是规模甚小的村镇

> 老虎灶

法华桥也有茶馆三四家。

茶馆大多临河面街而设，馆舍有轩敞而华丽者，也有低矮而破旧者。茶灶一坐、茶柜一个、八仙桌或餐板台（小方桌，可坐四人）几张，长凳若干。茶具多半用江苏宜兴生产的紫砂壶、紫砂盅，茶叶则

> 老茶馆

多采自江浙一带的绿红茶。

茶客以本镇及四邻乡村的中老年男性居多，官绅士农、坐贾行商、三教九流，无所不有。老年人多喜喝早茶，午饭后，茶客最多。

老茶馆喝茶不囿时间却讲究品位，他们闭着眼也能分清头壶茶还

> 奉贤金汇皮影戏正在茶馆内演出

是二道茶，同是绿茶，也能品出是龙井还是毛峰。就是茶具的摆放，也有一套不成文的规矩。如茶盏反盖茶盅，表示茶客临时离座，或是上街购物，或是小解出恭，须臾即归续茶；茶盅倒扣茶盏，则表明喝茶完毕。

茶馆是公共之地、社交之场。旧时茶客除了喝茶，尚有扯乱谈、歇脚、领市面、听书、吃讲茶、赌博、吸鸦片等诸般活动：

一、扯乱谈，即聊天。一般老农民和农闲时的有些中年人，到集镇上只上茶馆消闲。扯杂事，拉家常，众说纷纭，一片叫嚷喧哗。也有耸耳倾听者，俗称"排茶馆、听百鸟（形容各种方言音杂）说"。各色人等会聚其中，各地消息，十分灵通。

二、歇脚。过路客商，串街郎中，买膏药的，杂耍卖艺的，江湖上来去匆匆的人流，途径街市，先要到茶馆，"入座歇足解疲劳，饮茶清心各西东"。茶馆是他们的休憩场所。

三、领市面。集镇上商号毕集，各行各业的人们，不时出入茶馆，探听市面，互通行情。战乱年代，行情尤为紧要。所谓"一日三市面"，茶馆是领行情的主要场所。

四、听书。农民喜欢在不专设书场的茶馆内听书，说书者说因果（农民书，浅俗易懂，专为农民说的）。个别无钱的农人，小市民则听"戤壁书"（不付茶钱，无座位，背靠墙壁站立着听书）。说书内容多为《七侠五义》、《封神榜》、《杨乃武与小白菜》等。县内较大的茶馆（茶楼）内设书场。如南桥镇活雨楼，长乐、南梁和民众茶馆先后设有书场。爱听书的茶客会准时到书场入座，边品茗，边听书，乐趣诸多。茶馆内的书场有日场和夜场之分。

五、吃讲茶。清代及民国时，城镇茶馆有吃讲茶的习俗。一些乡人或市民，因各种矛盾纠纷而争吵不休，双方互不服气，会约时相互扭扯到镇上的茶馆吃讲茶。当事人双方把事情始末讲给大家听，让众人评议公断，取得解决。谁理亏谁付满堂茶钱，并燃放爆竹表示歉意，茶馆因此享有"百口衙门"之说。

六、赌博。抗战后至解放初，各镇茶馆均设有赌台。无论官绅豪商，还是平民百姓，均有参赌者。老板抽头提成，收入大增，"家有三桌赌，胜过松江府”。赌徒中孤注一掷血本无归，导致卖房易地、家破人亡的现象时有发生。新中国建立后，此俗已废弃。

七、吸鸦片。有些茶馆内设有鸦片座位和烟具，名曰“燕子窝”。南桥镇南梁茶馆就设有“燕子窝”。进“燕子窝”吸食鸦片烟的，多数为政界绅士和“白相人”，他们“吞云吐雾”，过足烟瘾后，便聚在一起，或谈古论今，传播新闻，或赌博，或招揽讼事。新中国建立后，此俗已废弃。

近年茶坊、茶苑、茶庄、茶室等大量涌现，其陈设、内容与旧茶馆有很大区别，不少年轻人也经常在那里聚会。目前在青村、泰日等镇尚存老街与旧式茶馆。

[三] 居　住

1. 概　述

解放前，奉贤城镇以平房为主，建房多数集中街道两侧，最高三层楼，如南桥原瑞大酒店面楼。建于20世纪20年代、占地24亩的沈家花园内西式别墅，是奉贤最大的住宅建筑，最先应用钢筋混凝土结构。

> 沈家花园

> 晚清民国初富裕农民的住宅

民房多以砖木结构为主，通常面南建造，前有天井，门前铺街沿石，有门6扇或8扇。考究者门上雕有走兽花卉；中间为客堂，方砖铺地。东西阁有1至2间，边上连着厢房。砖木结构，小瓦盖顶，每间房上均有屋脊，俗称“四落水”。窗为板窗及格子窗，格子窗上装饰蛤蜊壳或贴棉花纸，玻璃极少使用，室内光线比较暗，故开“天窗”。

在农村，住房为独户居住者，称“独家村”，如多户居住称“大宅基”，系亲属和多姓户杂居的自然村，贫苦农民大多盖草房。

旧时，尤其是在农村，选择宅基须请“风水先生”勘察地形地势，挑选所谓“三元吉地”。一般选宅前无坟、宅后有河之地，如一时挑不到所谓的好宅基，有的特地开挖一条绕宅河流，东南角造桥或筑堰铺路入宅，谓之“青龙头”，弯弯溪水绕宅流，好似青龙含珠而入，寓意“财水进门”。农民对卧室不甚讲究，故有“暗房亮灶”之说，往往只在卧室开一扇小窗，故通风采光很差。间数有三、五、七间不等，俗称“三开间”、“五开间”、“七开间”。开间大小俗称有“十七发”、“十九发”、“二十一发”不等，“发”指房屋顶上的椽子。房屋进深有俗称五、七、九路头，“路头”指房屋顶部的梁木多少，每“路”大约在九十厘米左右。房屋一般高三米。

在造型上，为上栋下宇式，脊梁和屋檐构成房屋顶部。屋顶作脊，

> 水乡的景色

脊端出翘，甚至草房屋顶两端也装脊，形似凤凰昂首。

旧时富家住房讲究装饰，客堂前后看枋雕有人物戏文；装饰方砖刻有图案；屋脊正中用石灰堆成图案，名曰“堆灰”，并用青瓦拼成互花，富“乐陶陶”之意；屋檐镶上挡瓦，称“瓦头”，用“福、禄、寿”

组成花纹图案。三合院檐门镶“檐匾”，上书“竹苞松花”等字样，两侧花墙用石灰堆成奔鹿、松鹤、梅花等浮雕图案。

解放后，农民生活水平逐年提高，60年代初，基本以建造平房为主，砖木结构，立柱，单壁，木梁，木椽或竹椽，覆底瓦，小瓦，少数采用砖墙承重。1964年起，普遍采用钢筋混凝土立柱、桁条。70年代，推广钢筋预应力混凝土多孔板，桁条，屋面由小瓦逐步改用平瓦。80年代起，出现建造两层或三层楼房之风。

城镇市民住房，在20世纪60年代前，无多大变化，60年代起，城镇逐步兴建钢筋混凝土住宅楼。1961年，投资了3.5万元，新建南桥镇解放路老三楼，面积700平方米，为最早建造的三层楼居民住宅，后加高至四层。一切造房中的陈旧习俗已破除，只以交通和生活方便为原则。发展至目前，城乡商业用房及住房，在层次、结构、屋型、设施、装饰上一派花团锦簇。

2. 造屋与搬迁习俗

旧时，造房习俗名目颇多，除了开工要择定“黄道吉日”外，还要办开工时的“待匠酒”，上梁时的“上梁酒”，完工时的“完工酒”。在

> 青村老街古木雕

造房的过程中还要分送各类“喜钿”（上海方言：喜钱）。还有上梁前后要“祭鲁班”、唱“抛梁歌”等等。

造房前，请“风水先生”勘察地形地势，选择宅基。

造房时，待匠优厚，一则希望活做得快些好些；二则提防“暗捣”。传说待匠不好，匠人会暗中特制骰子、麻将牌、吗啡针等物藏于新屋暗处，让东家遭灾。除此之外，还常常向匠人塞红纸包，谓之“喜钿”，民间有“三酒七十二喜”之说。开工之日，木匠锯下梁柱的三个“八字头”（木根），要送“锯‘八字头’喜钿”。泥水匠在柱子下垫扁圆形磉子石，要送“定磉喜钿”；木匠立柱，要送“立柱喜钿”；架东南角那根梁时，要送“东南喜钿”；上大梁时要送“上梁喜钿”；在钉大梁南侧正中两根椽子时要送“满椽喜钿”；铺大梁南侧正中两块互板时要送“满互喜钿”；立大门框要送“门框喜钿”；装客堂后窗框要送“窗框喜钿”；泥水匠在屋脊正中塑戏文像时要送“龙腰喜钿”；大梁正中悬挂荷花形“蜂窝”时要送“蜂窝喜钿”；客堂前后看枋上雕花时要送“雕花喜钿”。故俗话说，“没有三年陈油酱，勿可动用水木匠”。

待匠酒不少于三顿：开工酒，择定“黄道吉日”，作头师傅带几个木匠，锯1根大梁和2根中柱，动一动手，便算开工，东家设宴款待；上梁酒，择“黄道吉日”上大正梁，东家设宴隆重招待；完工酒，新屋落成时设宴欢庆，以示谢意。

有的东家在造房过程中还时常设宴待匠。

造房上大（正）梁的仪式最隆重：

一、上梁日期和时辰，由算命先生择定，多数在上午或中午，也有少数在半夜子时或拂晓时。绝大多数在涨潮时分，口彩是“涨财水”。

二、大梁上贴着大红纸，上书“福星高照”。东西两柱贴上对联，如“立柱喜逢黄道日，上梁巧遇紫微星”；“柱子圆梁屋架全，福星高照在中间”等。

三、大梁正中悬挂一荷花形“蜂窝”（寓意“丰收入库”）。“蜂窝”上悬挂四样彩物，一是万年青，寓万年常青；一是成串铜钱，寓金钱满堂；一是荷包米袋，寓白米代代相传；一是沉香，寓香气四溢。皆取好口彩。

四、上梁时，为讨好口彩，木匠忌讲“斧头”、“榔头”，“斧”与“火”同音，讲了要遭火灾，故“斧头”要改说“开山”，寓“斧开金山”。“榔”与“郎”同音，“榔头”会暗指“汉郎头”，有影射“偷野汉”之嫌。故“榔头”要叫做“涨欣”，寓“欣欣向荣”。还有绳子叫做“金带”，扶梯叫“步步高”等。有的东家故意向匠人讨口彩，随口说句不吉利的话，匠人要随口答句吉利话，这样可讨取喜钿。如东家说“这块砖头要跌下来了！”匠人马上回答：“金砖跌进东家门。”东家说“这大门口太小了，棺材扛得进吗？”匠人回答：“笃定，官（棺）进财（材）进，官、财都能扛得进。”等等。如果东家讨不到口彩，东家妻子会急忙补上口彩，这样，东家除了不给匠人喜钿外，还要四处张扬，败坏匠人的声誉。

五、上梁时，在客堂的东北角摆一只鲁班台，放上神像及祭品，东家夫妇和匠人叩头，寓指太平无事。

六、上梁时，高升鞭炮齐鸣，匠人站在抛梁台上，手托方盘，向下抛盘中的馒头、方糕、银元和铜板，边抛边唱“抛梁歌”。第一把要抛在东家放在地下的红毡巾上，接着抛向东南西北四方，众人嬉闹抢拾。抛梁者在下梯时还要往地上抛一把铜板，口中还大声说：“金钿落地，状元出在此地。”抛梁歌的内容大都喜庆吉祥。

解放后，造房仪式废止，但在农村还有上梁鸣炮的习俗。酒席却比旧时铺张，一般仍要备开工、上梁、完工三顿酒，桌数也很多。有的地方造房时，亲友邻里不请自来帮忙，不要工钱光吃饭；有的生产队甚至全队劳力全部参加，每天酒菜要几桌甚至十几桌之多。饭菜费要花掉整个造房支出的四分之一。80年代初，建房实行包工责任制，由东家和作头师傅双方议定或签定合同，规定包工费，完工验收后付款。匠人吃饭自理。有的建筑队还订有《三不吃公约》，即烟、酒、饭不吃，逐渐形成造房不吃东家饭的新风。

奉贤民间，如有乔迁搬家，此前必先至新居打理灶间，请好灶君。而后整理客堂、卧室。搬入时，依次先搬灶具、炊具，谓之一家一当，吃饭为先，祈求灶君爷保佑；再搬扫帚簸箕，取其扫拢来，簸（拨）进来的聚财致富之意。有秤的家庭，接着搬秤，寓意至新家处处称心如意；其后搬迁衣物等。在搬出老屋、迁入新居时，都要燃放“高升”(爆竹)，以示喜庆。搬入新居后要喝“圆场酒”，做“塌饼”吃，意为住进新居，塌塌滑滑，万事顺利。

3. 建筑历史名镇

(1) 柘林古镇

距今四千多年，柘林已有古人类居住，为奉贤最早之先民。该地区盛产柘树，丛生成林，故名“柘林”，是奉贤境内最早出现的地名之一。

据有关史料记载：唐朝大和年间(827～835)，紧靠秦皇驰道西侧(今柘林村七、八、九组境内)出现海产品与农副产品交换点，便萌发柘林商业之芽。南宋绍熙四年(1193)成书的《云间志》载：“方广寺，在柘林，唐咸通六年(865)造”，“唐侍郎蔡赞舍宅建寺”。嗣后，便沿寺庙扩建，唐末渐成近海集市。清代乾隆年间，柘林古镇东西街长七百余米，南门之内南北街长200米，其时，人烟稠密，商业繁荣。同治元年(1862)五月因战事，古镇区被毁尽；光绪元年(1875)起，在城西门外500米处，又形成一个柘林镇，东西街长460米，民间称为“西门镇”；1985年后，柘林镇区向上横泾河南至华亭石塘处大规模发展，现今的柘林镇东西长600米，南北纵1000米，总面积为0.6平方千米，楼宇鳞次栉比，市场繁荣，人烟密集，呈现欣欣向荣景象。

北宋王存编著的《九域志》中载：“秀州(即嘉兴府)华亭县盐监，辖袁部场……袁部场廨在柘林镇。”此专理盐务机构，历代名称多变，直至1984年废止。《重修华亭县志》载：“松江府海防同知署，国初因之，雍正中移驻柘林。”在柘林城内设置的“松江府海防同知署”，分掌松江府属沿海各县督粮、缉捕、海防、江防及海塘工事等事宜。乾隆二十四年(1759)起，柘林城内设置“松江府水利通判署”，管辖范围为：华亭县、娄县、上海县、青浦县、金山县、奉贤县、南汇县和川沙厅(民国元年改称川沙县)，其职责为：与知府共理政事、分掌粮运、农事及农田水利等事宜。清时柘林城内自设置都司署、松江府海防同知署、松江府水利通判署等机构后，遂成为奉贤县内重镇之一，曾经有如下古建筑：

秦皇观海亭　据《秦始皇本纪》中记载："望于南海，还过吴，并海上，北至琅邪。"秦始皇此次东巡，北巡江水口（现称长江口）、南巡柘林南海湾（现杭州湾）。清乾隆《奉贤县志》和清嘉庆《松江府志》记载："萧塘镇，旧名秦塘，相传秦始皇东游望海由此塘而南。"秦始皇顺驰南游至柘林观海，后来，以秦始皇临地巡视为荣，在柘林海边（今柘林镇南约10公里处）建造一座"秦皇观海亭"，亭柱上有："面南观海海潮送宝永无穷；向北望地地灵物丰勤有富"的对联。现今奉贤博物馆有"秦皇观海亭"陈列景观。

唐代"方广寺"　据南宋绍熙四年（1192）编成的《云间志》记载："方广寺"，在柘林，唐咸通六年（865）造。"姚金祥主编之《奉贤县志》载："佛教传入本县，不会晚于唐代。唐代，柘林镇已建有方广教寺……此为本县境内最早的寺庙。"

元代"小普陀庙"　据清嘉庆《松江府志》载："知寺并海，元皇庆壬子年（1312），僧正满等别营一区，有观音像。元绍兴年间（1151）渔人邬氏得之于海中，尝见梦于僧发，元迎归事之。"此庙在沪杭公路柘林镇南端东侧，大型石雕狮子东北隅，现重修一新。

明代柘林"东海神坛"　据清光绪《重修华亭县志》卷六和《松江府续志》卷十载："东海神坛，在柘林，明洪武十六年（1383）建，发以春秋仲月致祀。"此神坛朝向东海，内供奉海神爷、财神爷和柘林秦代的'柘湖女神'及福、禄、寿三大吉神。神坛前置石牛、石人及一座坊表，坊表两边柱石上分别镌刻着"白鹤驻灵地，青牛得老仙"的对联。此神坛在民间曾经流传一则逸闻传说。

明代柘林"蔡庙港城"　明正统十一年（1446），在柘林镇南约10公里处建城堡一座。明正德十二年（1517）夏有文编的《金山卫志》载："蔡庙港堡在海上柘林镇南，距卫东五十里。城高二丈六尺，厚一丈九尺、周一百四十八丈，开启东、西城门，建有吊桥，东西城门楼两座，角楼四座，护城河周长三百零六丈，河宽一丈九尺。"蔡侍郎庙和蔡庙港东西两侧有海防墩台。明嘉靖以后，遂渐沉没于杭州湾海中。

明代柘林城　明嘉靖三十六年（1557），在唐末成市集的柘林古镇周围始筑柘林城。椭圆形的柘林城，城墙周长四里（实际上为2.4

> 华亭东石塘

千米，东西长725米，南北宽475米）城墙高两丈余，厚一丈八尺，建有东、西、南三座城门及三座吊桥、水关（即水城门）两处，雉堞一千八百七十垛，城池深阔，面阔十丈、底宽六丈、深一丈五尺（见清嘉庆《松江府志 · 建置志》）。柘林城无北门。此城于民国中期毁拆，城墙砖石移作构筑现代军事防御工事之用，现仅留遗址可寻。

清代华亭东石塘 现称奉贤华亭海塘。该塘于清雍正五年（1727）十二月，雍正皇帝谕旨建造。嗣后，华亭海塘全线改筑石塘。通体塘身用料为青石和花岗石，顶层均铺花岗石，其尺寸是长140厘米，宽45厘米，厚27厘米。其余条石宽厚均等，长度各稍有异。石塘底宽3米，高出地面2.5米左右，顶宽1.5米。现能见到在海塘上镶嵌着“屹若金汤”、“万世永赖”、“河口界碑”、“长庆安澜”、“海晏河清”和“保护桑田”等6块铭志石碑。

1996年5月，奉柘公路路基降坡，埋藏在土内的石塘露出地面部分长4.5公里，是紧靠柘林镇区南侧的一道独特旅游风景线，被称“上海小长城”，蔚为壮观，2002年被上海市人民政府批准为市级文物保护单位。

（2）潘垫古镇

潘垫镇又名潘镇，俗称潘店。位于庄行镇南、倩舍塘畔、冷泾西侧，距庄行镇3公里。唐朝末年，这里已有潘姓居住（见《明陆树声重修华亭潘店镇三茅庵碑纪》），形成村落。据清光绪《重修奉贤县志》载，五代十国时，前蜀丞相潘葛故宅在此，故曰潘镇。潘丞相及其妻李氏墓葬于潘店之东。潘垫侧有杏泾，因潘葛之妻李氏喜杏，葬地临泾植杏而名，即今冷泾。

旧时，潘垫镇规模较大，东起倩舍庙（现属长堤村），西至陈行桥（现陈行村），东西长1.5公里；南到石马坟（现潘南村），北至静心庵（现东风村），南北纵2公里。东西、南北大街，店铺、油坊、茶馆、货摊处处皆是，生意兴隆；东与西两爿典当，生意兴隆，由唐氏开设。山歌《唐家花名》（讲述唐姓财主的女儿与长工的爱情故事）出处于此。清代镇上又开油车（榨油厂之车，俗称“油车”）、碾米厂、学堂、布庄等。常年居民数百户，尤以唐氏、王氏、陈氏三大姓为最多。

全镇范围内，庙宇颇多，香烛甚旺，东有倩舍庙，西有关帝庙，北有静心庵，镇中有红莲寺。尤以红莲寺规模最大。传说有5048间，大小和尚数百人，庙产土地三百多亩，庙前有环龙拱桥，里摆三官、斗马、观音等巨大佛像。静心庵，位于潘垫村，房3间，早毁。

宅第园林，在潘垫也屡屡可见。明万历年间，顾子方为其母陆氏建“百岁亭”于冷泾西侧；倩舍塘南的“双寿堂”，是明光禄少卿周痒奉亲之所。

著名冢墓也有多处，光禄少卿周痒墓建在镇南，坊辕石兽，十分威严，俗称“石马坟”；清朝浙江嘉兴府知府袁国梓墓也建造于此。

清乾隆年间，由于红莲寺僧侣在佛像前装设机关，奸掳进香美女，被松江白鹊寺禅师发现，于是上报官府，并与官兵配合，一把火烧毁了红莲寺，有名的“火烧红莲寺”的故事流传至今。到咸丰十一年（1861），潘垫被战火所焚，仅保留了部分手工小作铺、茶馆、豆腐店、酒店、庙宇。抗日战争时期，由于侵华日军时常出没骚扰，潘垫镇已败落。到解放初期，尚剩潘垫遗址。

现潘垫老镇废除，新兴的村办工厂与农民新村连成一片，形成了新的农村集镇。

(3) 陶宅古镇

陶宅古镇位于奉贤中部，距奉贤区府所在地南桥镇10公里。

元代泰定年间，陶宅镇已颇具规模，元末民初为松江府沿海繁华集镇，东西长5公里，街面宽敞，庙宇表坊、戏台阁楼，颇为壮观；人口稠密，商业兴盛，游者甚多。相传元初有名陶宣车的人面溪而居，故其溪曰陶溪，宅称陶宅。元时，陶家为松江府八大富豪之一；至明代，其后裔陶舆权继承祖先衣钵，使陶宅日趋兴旺，并在镇上造桥筑园，名为南园，拥有八景。常邀文人墨客、官宦达贵来此赋诗会友。元末里人姚汝嘉与天台杨寿仁、冀北李璋、无锡华文瑾等隐居于此，留有《陶宅八景诗》。

陶宅镇曾出现过很多享誉全国的杰出文人，如人称“袁白燕”的诗人袁凯；有“吴中草圣”美誉的书法家张弼；著名诗人及藏书家黄之隽等。

明洪武元年（1373），陶宅镇设有巡检司、税苛局，为当时江南集镇之少有。明嘉靖十三年（1534），倭寇入侵占据陶宅镇，历经七年烽火，陶宅镇损毁惨重。至嘉靖二十年（1541），陶宅镇上的巡检司、税苛局西迁，商业也南迁青溪（即今日青村镇），从此市况凋敝。故有“先有陶宅镇，后有青村港”之说。

解放后，陶宅成为青村乡（镇）的一个行政村。今又与毗邻的王家村合并，村名仍为陶宅。

(4) 奉城古镇

名称沿革

据元徐陨《至元嘉禾志》等记载：该地原名青墩，又名墩明，因海寇来犯时，墩上举火为号，因此得名。宋神宗元丰元年（1078），设青墩盐场，后绿树成荫，改称青林。南宋乾道八年（1172）筑里护塘后，盐民、渔民群居，渐成村落，改名青村。明洪武十九年（1386），为防倭患，信国公汤和督筑城墙，挖城壕，建后名青村堡，置守御青村千户所；明正德年间（1506～1521），改称青村中前千户所；清雍正四年（1726），奉贤建县；雍正九年（1731），县治设青村；宣统二年

(1910)，全县置一城七乡，县城青村为城厢；民国元年（1912），县治西迁南桥，改称奉贤县县市，青村城厢改称奉城至今。其中的古建筑有：

城 堡 明正德《松江府志》载："青村城在金山城东一百里，周围六里，高二丈五尺。池广二十有四丈，深六尺余。城门四，上各有楼，外各有目城楼四，敌台十有一，箭楼二十八"。清光绪《重修奉贤县志》载："周围六里，高二丈五尺，雉堞一千七百六十六。旱门四：东曰朝阳，西曰阜城，南曰镇海，北曰拱辰，其上各有谯。入城皆陆地，故无水门；外有白城四座，窝铺一百三十座"。

县 署 清雍正十年（1732）起建，有照墙、仪门、大堂、二堂、燕室及牢狱等。

文 庙 清光绪《重修奉贤县志》载：文庙，旧在城东南隅，始建于乾隆二十五年。同治四年移建于圆通庵归北。外为万仞宫墙，两旁为兴贤、育才坊。为櫺星门；内为泮池，为大成门，东为乡贤名宦祠，西为忠义孝悌祠。进为东西庑，为大成殿；后为崇圣祠。周垣饶河，石梁通焉。其东附建学署，为木门，为明伦堂，为申义堂，为侧厅，为内堂，堂右为尊经阁等。

言子祠 祠在古淤里，清道光十五年（1835）建，有头门、道南学舍等。

馨文书院 清嘉庆十年（1805）建，有照墙、头门、仪门、讲堂及文昌阁等建筑。

城隍庙 清光绪《重修奉贤县志》载："庙在西北隅，明洪武十九年建，国朝雍正二年析县固之。嗣奉周侯为神，庙亦屡经修葺。咸丰十一年冬，贼（指太平军）扰毁损。同治初次第修整。道由庙异而照墙，而池，而头门，而仪门。左右为班房，为科房；进为大堂，旧供神像，毁后改设暖阁；又进宅门，为二堂，供侯象焉。东为凝香堂、爱莲书屋；庭有假山树竹。同治初毁而建歌台，雅观顿渺。由诸廊为船屋，其后向有东园，久废；其南为寝宫，即园亭也。二堂西为尊乐堂、聆音书屋，外为歌台，旁为侧厅，南为跛云轩，外额以听涛小筑。"

万佛阁 万佛阁始建于明洪武十九年（1386），距今已有六百多

> 万佛阁内景

年历史。现阁内留有两块石碑。其中一块刻有“修建阁碑记”，上面记载清乾隆年间，住持尼师永修，率徒为修复万佛阁历经20年。“奉邑万佛阁，建自前明，历今四百余年，环垣踞堞，面山枕流，胜境之妙，冠诸剩。堂殿楼阁，窈窕玲珑，泉石松筠，幽奇芳润。戍楼居其前，沃壤拥其后，当水陆通衢。晨钟暮鼓，为大地一蒲团也……募绿葺西庑堂殿，金彩诸天佛象，辛己重建大殿及后法堂楼阁……斯时金碧辉映，焕然一新。四方来游者无不憩焉。”

1998年万佛楼奠基重建。当时，闻名全国的觉醒、照诚、荫远三位大和尚专程来为万佛楼举行隆重的奠基仪式。明旸大和尚欣然为万佛楼题字。历二年，万佛楼、钟鼓楼等古典寺庙拔地而起。万佛阁依城傍水，气度雄伟；内观、殿内回廊相接，威严壮观。其规模在江南寺院中堪称宏大。

万佛楼大殿第三层为万佛堂，供奉着一万尊庄严的释迦牟尼佛像，这六百多年的古寺，如今成为名副其实的万佛之阁。

此外，奉城古镇还有魁星阁、同善堂、先农坛、武庙等明清古典建筑。

4. 代表性建筑——徐家宅

徐家宅俗称“小城头”，在今奉贤柘林镇东海村十三组东徐家宅，为明代嘉靖首辅徐阶故里。徐阶30岁时，即嘉靖二年（1523）值朝廷殿试为第一甲等第三名进士，官至嘉靖年间宰相。嘉靖二十三年（1543），徐阶弟弟徐陟中进士，官至刑部侍郎。后兄弟俩在位于松江府华亭县东南的故里重建家园。在东、南、北三面环水的风水宝地的东边，俗称“青龙头”的原宅基地上，建起东、西两边各九开间三进门高大的前、中、后三埭二天井的瓦房，后埭建有楼房，时称“堂楼”，为妻女之房，另有厨房、柴房等等。周围有砖砌围墙，东南角墙门外建有吊桥，昼放夜吊。南面墙门处置有黄砂石石狮一对。徐阶居东三埭，俗称东墙门；其弟徐陟居西三埭，俗称西墙门。正宅河南面建有隔水照墙。徐宅的南面西侧有磨圆水桥；北面河浜边深打木桩，筑有石驳岸，跨河建有遮阳棚，为帐船、妻女们游览棚船及运货船只的停泊之处。河上还建有木栏杆桥梁一座，桥上建有桥门，向北过桥门通往花园，俗称徐家后花园，占地八亩多。花园内凉亭、曲径、石垒假山、花木相间，景色幽雅宜人，是当时名满天下的徐家名门望族的宅第家园。（见《华亭县志》）

嘉靖三十六年（1557），由巡抚御史尚维持主管垒筑柘林城后，徐阶的家园宅第，因气势雄伟，像一座小小城池，与柘林城相比，被称为“小城头”。民间便有“东是湾里，西是柘林城，中有‘小城头’”之乡村民谚。

徐宅现已不存，原址已开垦为农田，但“小城头”地名仍在乡里民间流传着。

[四] 交　通

1. 概　述

奉贤为江南水乡，旧时交通"水行则船，陆行则轿而已"。中产以上家庭的妇女出门多坐轿或坐船。20世纪30年代起，改乘"黄包车"。贫苦市民和农民日步行七八十里习以为常。民国期间，已通客轮、汽车，但数量少，农民上镇购物，仍大多肩扛担挑，购物数量较多或驾牛车，或推独轮木车，或用划桨小舟，当时仅有为数不多的自行车。

新中国成立以来，道路建设日新月异，陆路交通发展迅速。目前，除上下班或镇内短途外出骑自行车外，汽车已成为外出的主要代步工具，昔日的轿子、独轮木车、牛车已成历史遗物，偶尔见到的划桨小船已作捕捉鱼虾之用，水路客运已完全被汽车所代替。

2. 传统交通工具及习俗

(1) 轿子

轿子，俗称"肩舆"。往昔，官府的四人抬的绿呢大轿，俗称"官轿"；民间娶亲用的四人抬的轿子，因用绣花红缎围饰，俗称"花轿"；其他轿子大都两人抬，俗称"便轿"。

轿子的架子，用木材或竹竿做成，四面用色布或藤席围住。在轿子中部左右两边，穿上两根长约六米的木杆，两端系上一块板条，供作肩抬。

自清代至民国期间，奉贤民间陆上交通用轿子颇为盛行。娶亲用花轿，丧事出殡用驴轿，名医出诊用小轿。一般略有名望的士绅及其家属外出都要坐轿子。少数富户自备轿子，雇有轿夫。一般人家用轿靠租借，过去有专门的"轿行"，以供市民租用。

自20世纪30年代起，因"黄包车"逐渐增多，收费比轿子低而速度快，故轿子被淘汰。

(2) 车辆

1931年，奉城、四团等地的崇明、启东、南通籍农民以手推独轮木车运输食盐及其他货物，此车俗称"牛头车"或"狗头牛"，由车轮

和车架组成，车架两侧平行又对称，中间隆起成凸字形，后装把手和车脚，既可坐人又可装货，以人力推之，还可由人用绳索在前面拉。此后，青村、钱桥、新寺等地均有独轮木车。农村少数富户还备有木制四轮牛拖车。因牛的力气大，车的木架及车板宽，装载量大增，常用来搬运笨重货物。20 世纪 30 年代初，萧塘开始有了黄包车，在西渡、南桥、新寺间载客。

1938 年四团有人购置 2 吨载货汽车改装成客车，沿四柘公路经沪杭公路载货搭客至上海，营运一年左右停驶。不久，奉城也有人购小汽车 1 辆，于奉城、四团等地载货搭客，一年后也停驶。

1942 年奉城至四团有黄包车营运。再后，三轮车出现，黄包车衰落。到 1945 年，黄包车仅剩 5 辆，而三轮车为 54 辆，至次年 10 月，三轮车增至 94 辆，运行于西渡、南桥、庄行、柘林及漕泾、乍浦、上海等地。

3. 桥梁与造桥习俗

旧时，造桥先请风水先生定方位，桥面中线不得对准民房，否则民房就会“受冲”，说是要死人。定位后动工兴建，在开工、打桩、上桥面时要设鲁班台祭祖师。上桥面的仪式最为隆重，祭桌长设桥旁，鞭炮声不绝，忌妇女入桥，说什么“妇女上桥桥要塌”。传说石匠上桥

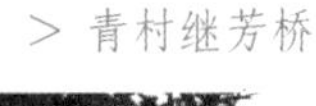
青村继芳桥

> 通津桥

面时要童男助力，称“借力”。谁被借去力气，谁就遭殃，不是生重病，就是死亡，故童男见造桥必避而远之。有人事先裁剪一长方形小红布，上书“石匠石和尚，造桥有地方，不关小儿事，石匠自己当”，

> 南塘第一桥

并缀上一粒黄豆，挂在童男胳膊上，谓可免被“借力”。

桥造好后，举行剪彩仪式，先由石匠站在桥中，手托方盘，向四方抛馒头和糕饼，唱好口彩：“脚踏石桥步步高，上桥一步更比一步高，蔡状元起造洛阳桥，东家一代要比一代好。”唱毕，凿开盘在桥上的铁链，名曰“开彩”，人们随即上桥。据说，第一个上桥者能避灾得福，故众争第一，但第一个上桥的必是士绅或出钱最多者，其他人尾随过桥，谓之“乘福”。

4. 船舶与水上交通

清光绪二十六年（1900）起，奉贤地区除了为店铺、花米行装运棉、粮等货物的货运船外，又出现了“叫头船”，为乘客一叫即到而得名。此船小而轻，备桨两支，驶行较速，一般载客2至4人，可捎带货物。这种船民国前约有几十条，分布于各埠；1931年客货班轮出现后，“叫头船”大都被淘汰；1937年冬，日军侵入，“叫头船”从此匿迹。

清光绪三十年（1904）前后，绍兴脚划船陆续来奉贤。此船备桨两支，一支手划，一支脚蹬，载重10至20担，以搭客载货为业。民国元年（1912）后，该船在我县渐成市面，后又有“红头船”（系绍兴人撑的货运船，因船头抹红油，故称），逐渐固定航线班次，成为客货航班船。1914年后，南桥至金山、张堰，青村至松江、闸港、南桥、大团、周浦，胡桥至松江、闵行，庄行至南桥，钱桥至周浦，金汇至南桥、奉城，新场至四团、奉城、青村都有班次。因该船营运周转快，讲信用，运价廉而发展甚速。1931年，南桥出现私人合股购置汽油机一台改装成机动船跑运输，此后各埠纷纷仿效，至该年底，南桥至闵行，奉城至闸港、闵行，胡桥至闵行的航线，都出现了这种改装的机动船，每日来回1班至4班不等。1933年民营协记轮船公司在南桥镇横泾桥堍成立，仅一年时间营运的航船就由原来的2艘发展至18艘。南桥、青村、奉城、庄行、钱桥、胡桥、泰日等地均有班轮，同时，绍兴摇班船也发展到四五十条，从事水上运输的绍兴人达二三百人，连阮巷、道院等小镇也有定期客货船。

1937年冬，奉贤沦陷，机动船由于日军在金汇设卡而被迫停航，

摇桨的班船也因日寇的捉差而数量大减。1940年前后，绍兴人因逃丁而来奉贤，从事水运者又增，最多时达三四百人。其时境内各埠航船有29艘。同时，协记轮船公司改名为协记运输公司，联合绍帮二十多艘航船，不走被日寇封锁的黄浦江，而自周浦（当时有“小上海”之称）转运至各埠及浙江等地，运出本境的粮棉，运进民生所需的物品。

抗战胜利后，奉贤境内客货班轮渐次恢复，计有客运班十余艘和货运班四五艘。解放前夕，民间客货轮11艘，航班船36艘，货运船43艘。

解放初期，奉贤境内有客货轮101艘。1950年私营航班船、货运船成立“奉贤县船业公会”，并设有青村和齐贤分会。1956年，计有南桥至上海，新场、奉城至南桥、上海等6条航线7艘客货轮正常运行。1958年，随着陆路客运的日益发展，客轮运输业务日淡，各线全部停航。

5. 现代交通工具及习俗

解放后至1957年，西渡至柘林沿线各地尚有三轮车77辆，随着公交客运班次的增加，三轮车工人于1959年全部转业。1953年，境内有二等车（自行车）150辆从事运输业，1955年减为92辆，并在奉城建立二等车队，1958年撤消，从业者改行，1963年后二等车又复业，至1968年，有客运52辆、货运5辆。奉城地区成立非机动车踏客车队，营运于奉城至头桥、塘外、四团、五四农场等四线。1969年后，随着各线通行公共汽车，该车队自行解散。其时，金汇、齐贤、邬桥、萧塘、新寺、胡桥等尚有少量二等车营业，1978年后自行歇业。

20世纪60至70年代初，奉贤各镇都还出现过手扶拖拉机、中型拖拉机作为运输工具载人的情形，组织人员乘坐手扶拖拉机、中型拖拉机外出参观取经，到上海看演出等，直至各类卡车大量出现后，尚偶尔能见到这类情景。

奉贤的公交客运在解放前有西乍线（后改为西柘线），民国二十二年（1933）通车；西亭线，民国二十六～三十八年（1937～1949）营运；西团线（初为四团至柘林，后延伸至西渡），民国二十六年（1937）通车；西庄线，民国三十五年（1946）营运，历时一年余；护塘线，

大团至奉城，民国三十六年（1947）通车，共计5条线路。

解放后，公交线路日见繁荣。解放初，西渡至柘林通车，该线路自1959年1月20日延伸至浙江金丝娘桥，1963年7月1日又延伸至浙江乍浦。1957年南桥至航头通车。1959年1月20日，西渡至奉城通车，1962年8月延伸至四团，1966年1月又延伸至团东，1984年10月再延伸至大团。至今，境内公路网络四通八达，镇镇通汽车，加上大量的出租汽车，市民外出极为方便。

贰 生产商贸民俗

[一] 生产习俗

1. 农耕习俗

(1) 粮棉种植

清同治、光绪年间，东乡多为一年一熟，春种棉花，夹以黄豆、赤豆、绿豆、芝麻、瓜类，部分种植山芋、玉米、高粱；冬季大多休闲（歇田），少量种植蚕豆。西乡多为两年三熟，亦有一年一熟，棉稻轮作（大多植棉两年种稻一年）；冬种油菜、三麦、绿肥或休闲。

民国前期，水稻种植略有发展，约棉七稻三，多为一年一熟或两年三熟，即第一年春种水稻，冬种三麦油菜(少量蚕豆)，第二年春种棉花，冬种绿肥。西乡多种晚稻，部分中稻；东乡多种中稻，少量种植早稻。

沦陷期间，日本侵略者统制粮食，粮荒严重，农民纷纷改棉为稻，改油菜为麦，遂向粮棉夹种演变，粮棉各半，早稻由东向西扩散，复种指数相应提高。其时，多为两年三熟，头年春种早稻，晚秋种绿豆、荞麦，冬种三麦、蚕豆，少量种油菜；次年春种棉花或晚稻、中稻，亦有春种早稻，冬种绿肥或三麦。

解放前夕，多为一年稻一年棉的两年三熟制，即绿肥——水稻(早稻、晚秋杂粮或中稻、晚稻)——三麦——棉花——绿肥或三麦——棉花或水稻——绿肥。夹塘地区，土质盐碱，清道光初年始开垦，光绪年间少量种植棉花等作物，一年一熟，产量极低。里护塘外的新垦区，“历年均种植番芋、高粱、玉蜀黍、花生、瓜类等，迩来试种稻棉，其中棉花已自15公斤增至50公斤(均为籽棉)，而稻秧仍萎弱，此乃地质尚咸之故。”（清光绪《重修奉贤县志》）

夹塘地区，秋季大多绿肥或草、麦夹种(以黄花草为主，夹种蚕豆、元麦)；亦有以蚕豆替代绿肥，夹种元麦。春季将绿肥耕翻埋青后套种棉花；棉花行间，间作黄豆、芝麻、玉米、瓜类；田块四周种植花生，部分种植玉米、山芋、高粱。这一种植方法一直延续到解放初期。

1952年到1956年，扩种三麦和晚秋杂粮，压缩秋闲、冬闲和中

稻面积，逐步将一年一熟（也有两年三熟）改为两年三熟、三年五熟和两年四熟。

塘内种植面积约为稻六棉四，多为一年棉一年稻的两年四熟制，即绿肥——早稻——三麦——棉花——绿肥；或三年五熟、六熟制，即绿肥——水稻——绿肥(或三麦)。塘外地区多为两年三熟、四熟制，即绿肥(或草、麦夹种)——棉花(或玉米、山芋)——三麦——棉花(或玉米、山芋)——绿肥(或草、麦夹种)，少量种植水稻。

1957年起，单季晚稻和双季稻同时发展。在外塘地区发展早稻，压缩玉米、山芋等杂粮作物，实行旱改水。1958年起，在夹塘地区推广双季稻；至1961年，全县轮作制有一年稻一年棉的两年四熟，即绿肥——早稻——后季稻——三麦——棉花——绿肥；也有两年稻一年棉的三年六熟，即绿肥——早稻——后季稻——油菜(或小麦)——单季晚稻——三麦——棉花——绿肥；还有部分地区的一年稻两年棉的三年六熟，即绿肥——早稻——后季稻——三麦——棉花——油菜——棉花——绿肥。

1962年开始，在进一步压缩晚秋杂粮、扩种后季稻的同时，单季晚稻逐步改为双季稻，变一年一熟水稻为一年两熟水稻。1965年后，三熟制发展很快，到1971年三熟制早稻占总面积的40.7%，1977年又上升到54.5%，基本上形成以双季稻、三熟制和棉花为主的轮作制度。

本区种植早稻、中稻、晚稻、糯稻等约75个主要品种，小麦、大麦、元麦44个品种。杂粮有玉米16个品种，主要种植于夹塘地区，后因水稻的扩种而逐渐减少。现糯玉米有白色糯和花白糯2个品种，多为掰青食用，也有收干籽磨粉制糕饼，目前农民自留地有少量种植。另外还有高粱、荞麦、绿豆、赤豆、蚕豆、豌豆、山芋、小米等，其中红皮蚕豆可治痢疾。

清乾隆《奉贤县志》载：“立春前一日，以彩仗迎春于东郊，倾城竞看，名曰看春；次日，按立春时刻祭芒神、鞭土牛。”“鞭土牛”习俗由来已久。该活动由官府组织，按照春耕图，扎一只纸春牛。纸牛以竹篾为支架，牛肚大小如旧时的炭篓、肚内装有许多袋稻谷、麦子、

菜籽、豆类、棉籽等农作物，再挑选十六七岁的善舞小伙子扮演牧牛人。立春早上，边走边舞的牧牛人和由四人抬着的纸春牛，在彩仗队、吹打者的簇拥下先行，县衙门老爷在后面，到县城东郊，然后县老爷手执皮鞭抽打纸春牛，牛肚被打破后，看哪袋种子先落地，据此占卜当年农作物之丰歉。

昔时，清明季节，农户家家整棉花田，立夏时节户户播种茅田花，“邑种棉花，有白有紫”，芒种前后到夏至，培土除草数次，有谚曰：“锄花要趁黄梅信，锄头落地长三寸。”每当酷热之时，流汗沾衣，最为勤苦。立秋之节，棉铃始开，处暑、白露、秋分为花熟之期，日色晴爽、棉花盛开，人携一袋、弯腰采摘，时至农历十月，棉花采摘殆尽，悉数归库。清乾隆《奉贤县志》载：“刘家行（注：今金汇镇刘港村）地产木棉、独胜他处，远方商人多舣舟来买焉。”本地棉花种植主要品种有15个。主要有：

小棉花，俗称本地棉，亦称中棉、鸡脚棉。清光绪《重修奉贤县志》载，品种有黄蒂、青核、黑核、宽大衣等。民国二十一年(1932)县立农场从江阴引进“江阴白籽棉”，东乡有推广。絮有紫、白两种，紫棉核大铃轻，所织之布名紫花布，其色久洗不退，因产量低，种植极少。

大棉花，因其铃大得名，又称美棉、改良棉。抗战前种植绝少，沦陷期间引进试种，抗战胜利后有较多种植。1952年引进岱字15，增产显著，发展迅速；1955年种植28万余亩，占99%；1972年前为本县当家品种，目前仍保持其地位。沪棉204和沪棉479，是70年代初从南汇引进，一度为部分乡村当家品种，目前仍有少量种植。

(2) 大蒜青村港

青村港位于城南桥以东十余公里处，盛产大蒜。早在清光绪初年，大蒜数量之多、品质之好，在四乡八里首屈一指。“大蒜青村港”的称谓已广为流传。传说青村港大蒜起源于镇西南一里地外的翁家塘。翁家塘是翁姓氏族世居地，他们摸索并掌握了大蒜的生长规律。每当春日来临，人们就在河塘垛、宅前屋后的地垄上捣泥采勒，点种蒜瓣。然后把园沟宅河里的浮萍、水草打捞上岸，覆盖在蒜勒表土上面，这样既能保持土壤的温度和湿度，又能防止寒潮冰霜的袭击。覆盖物腐烂后，又是大蒜生长的优质有机肥料。茁壮的大蒜，茎梗挺拔，叶色葱绿，蒜瓣层叠饱满。最大的蒜头重量可达三两以上。

民国初，翁家塘及邻近村庄，几乎人人种大蒜，家家腌蒜头，户户有销售。

“文化大革命”期间，乡镇集市贸易一度中断，农家种蒜面积锐减。改革开放以来，青村港等地大蒜的种植和销售又打开了局面。目前，上述地区已有大农田种植，产品远销国内外。

2. 纺织工艺

土布纺织曾经是奉贤重要的手工业，要经过以下工艺程序：

剥籽、弹棉 剥籽，又称轧花，“棉花不晒不可碾”，旧时，棉花晒干燥后，上手摇或脚踏轧车剥籽。取棉花塞于轧车两轴之隙，则籽自内落，无籽之花由两轴之隙外出，各曰“轧花衣”。解放后，有电动轧花车。弹棉，用1.4米长弓弦置于“花衣”中，以椎击弦作响，则惊而腾起，花衣散若雪，轻如烟，名“熟花衣”。民国后期起，小集镇上有脚踏弹花衣机，替代弓弦弹棉花。将“熟花衣”拉放在台上成带形，用一削细光滑竹茎为心，置于花衣上，左手执竹茎，右手执带柄木板，一推一却，花衣乃卷竹茎上，即抽出竹茎，其状外圆中空，长约40～50厘米，名曰“棉花条子”。

纺纱、染色 纺纱，农家都备有竹木结构手摇纺车，将棉花条子系在纺车铁锭子上，右手摇动纺车，左手携棉花条子往后拉，棉花纤维纺拉得细而紧为棉纱线，再将棉纱回绕在锭子上成“锭头”，此谓之“纺纱”。农妇利用农闲时间坐家纺纱。染色，土布织造色彩渐趋重要。根据织制式样色彩之需要，再将绞纱染色，由此出现专业染坊。清代奉贤境内已有南桥、庄行、萧塘3家染坊，

> 手工土布织机

至1936年奉贤境内有南桥、萧塘、刘港、邬桥、庄行、法华、金汇、头桥、四团、青村、三官（现名：光明）、钱桥等集镇共16家染坊。1945年发展到32家，1949年专业染坊有45家。奉贤民间土布织制达鼎盛时期。有些农妇还在集镇上购买各色靛料，在自己家里开锅煮纱染色。专业染坊和自染，其色彩均以洋蓝、毛蓝、宝蓝为主，还有紫红、大红、火红、淡红，辅以青莲、草绿、墨绿和姜黄等色。昔时，有的将织成的本色布（即白布）采用刻花板、涂刷宝蓝色或黑色，此种染色称之谓印花，俗称浇花。

经 布 经布之前，先将锭头上的白棉纱及染色的绞纱，通过纺车摇出纱锭，即将纱绕在竹管筒子上，然后，运用综色、错纱、挈花等技巧，将白色及染成各色的棉纱筒管，分别交错安装在经车上。一部经车装24至26只筒管（土布式样好看美观又繁复的，需要装2至3部经车）。在空旷的场地上，两边分别打上单头桩和双头桩，中间摆放4至6档经布架子，由一聪明能干的农妇左手提经车，右手执经纱，在两桩之间走动放纱，此称“经布”。此后将所经之布收绕在1.5～1.6米长的摇杖上。

上浆刷布 清乾隆《奉贤县志》记载：“布，小布有刷经拍浆二种，刷经尤精。”奉贤民间大多为刷经布、拍浆布较少。布经好后，在晚上用面粉煮成半生不熟的专用浆水，连同绕在摇杖上的经布纱一起放入腰子形蘸布桶内。由四五人操作，边放布纱边浇浆水边揉揿，湿浸一夜，称上浆，俗称“蘸布”。第二天清晨，在空旷的场地上，两边打桩拉绳子，将上浆的布纱拉开，放在6至8档刷布架子上面，称“放布”。然后由两人分左右各执宽2尺的专用竹制刷帚，顺势走动刷布，待布纱刷至光滑、硬洁、干燥时停止，此谓之“刷面”。随后由一男壮年人，腰系转动的“顶花”，两手紧拉、慢慢向前，将刷干的布纱徐徐盘卷在“顶花”上，其间，两边多名农妇整理布纱，并用芦苇或稻草作盘卷纱层间隔，此称为“盘布”。刷布的天气以阴天为最佳。

坐机织布 织布机，奉贤东乡以高梢机为主，西乡以平机居多。织布（俗称做布）须将预纱绕成小纱圆，装在硬木制成的梭子内。织布时，人坐在坐机板上，双脚踏动4叶综头踏板，将布纱分成上下两

> 土布纺织

层，左右手来回丢射中间穿放预纱（即纬纱）的梭子，双手还要不停地推动竹扣子紧扣预纱，如此重复穿织紧扣成平布。如是踏布或格子布，双脚须左右流转踏动6叶综头的4块脚踏板，穿纱梭子有2至3只甚至有4只，轮流穿入各色预纱，这种踏布、格子布，织制时较繁复，须聚精会神、全神贯注、手脚配合，方能使各种色彩织制无误。

3. 奉城罾网

罾（音增），现代汉语词典注释为：“一种用木棍或竹竿做支架的渔网。”奉城罾网，据明末清初青村人曾羽王所著《乙酉笔记》载，明末清初青村（今奉城）有“三大利”。其一为“结网之利”。“男女无田可种者，皆习此业，且为利数倍于田。每见家有四壁，则数十人聚焉。自朝至暮，拮据不休，彼此谈笑，以消永日。勤俭者铢积寸累，以结网而至千金数百金者，比比然也。”清乾隆《奉贤县志》亦载：“青村罾网最著，渔人赖以利用。查结网工人，出于青村旧城西南两门，均系女工。网分三类，小者名打网，中者名扳网，大者名扛网。最著名的是陈姓编结的三指麻小网及反扳罾网，前国货展览会得有奖凭。”

罾网品种　奉城罾网有下列品种：

(1) 海洋用鱼网。近海鱼网属定置张网类，有密网（称龙头网、孟网)、稀网（高稀)、反扛网、海蜇网（草绳网)、插网、抛丁网、地角网及小型拖虾网等。远洋鱼网有围网与拖网之类。围捕类有打洋网，也叫大洋网，渔船用灯光围网作业；拖网类有衔拖网（拖虾网）和大托网（轻拖网)；衔拖网为单船作业，大拖网为双船作业。

（2）内河用鱼网。大扛罾网建棚捕鱼，网约9米；小扳罾网徒手起网，网不足3米。解放后，渔业遂设置鱼簖、扛罾网等较大鱼网，扛罾网用电动卷扬机操作起捕。其他内河用鱼网有丝网、孟网、趟螺蛳网、拖网、拖虾网、蟹条网、白网、三角网、龙口网等等。

结网用材料：小者打网用丝线，即缝制衣服用之苏浙丝线；中者扳网；大者扛网用麻类植物纤维——黄麻。黄麻，同类于大麻、亚麻、萱麻、剑麻、蕉麻等植物，是纺织等工业的重要原料。

结网用工具：

（1）“罄”。用竹片削制而成，它类似于民间手工织布用之梭子，起穿眼牵引麻线功能。其大小、长短按鱼网网眼大小不同而定。

（2）“罄板”。用竹片削制而成，它的功能是规格鱼网网眼的大小。其长短、阔狭按网眼大小不同而定。

（3）摇线车。类似于民间手工用纺车，其功能是将黄麻纤维由单丝单片，经手工摇制成坚韧的二股麻线和三股麻绳。

结网工艺流程：小者打网用的丝线，去商店随购随用，不须再做加工；中者扳网、大者扛网用的黄麻，去商店购得后须经如下工艺加工：

a.将黄麻纤维劈开成粗细不同的单丝单片。

b.已劈成之单线单片，一丝一片地用手指搓成长丝长片，并随时用手掌拍松，盘置于木桶中。

c.浸水。将桶中盘积之长丝长片，经手工缠绕成大小适当的麻团，浸泡水中，浸泡时间长短随意。浸水是为了使麻丝、麻片既柔韧又坚实耐用。

d.摇线。将已浸水之麻团取出，抽出丝头，紧扣在摇线车铁锭钩端，然后手工摇动摇线车，先是单股紧摇，接着合二为一，将单股紧摇成双股之麻线，麻线粗细、长短视鱼网大小和罄大小而定。

e. 扣罄。将已经紧摇之麻线，穿扣于罄中，类似于民间手工织布时将梭子装上纱绽，即可穿眼引线。

f. 结网。事先须就鱼网的规格设计腹稿，而后付诸实施。小者打网，海洋用带鱼网、黄鱼网和内河用蟹网为单片网，呈长方形，可长可短，结网时一气而成。扳网、扛网为正方形，须分片而成。网底一片，呈正方形；网角四片，呈三角形。结网时，罄板起固定网眼大小的作用。罄，穿梭于网眼之间，用灵活之双手结扎扣紧。结网时网底有放网眼之工艺，可小可大。整张鱼网网眼之大小，按网底最外一圈网眼大小和各种鱼网规格大小不同而不相同。按品种而论，应小则小，应大则大。

g. 兜网。将已结成的三角形网角，围绕已结成的网底四周和网角三角形的一端，经罄穿眼引线，将五片编成一张整体鱼网，此时，已由原先小的正方形网底编结扩大为整体的正方形鱼网。

h. 调纲。纲，即纲举目张之纲，它是在完成结网之后的收尾工艺。拥纲，又称"拥绳"，将单股粗于麻线之麻绳，用摇线车摇紧。

i. 纥网。将摇紧之单股麻绳合三股为一股，用摇线车摇紧，即成上纲用的纲绳。

j. 上纲。上纲上线，为最末道工艺流程。即将粗重之纲绳，沿已编织而成之鱼网四周，经罄穿梭网眼，引线结扎牢固，并在四只网角处各开纽孔，方便渔民安装结扎竹竿支架，以作整网起捕之用。

罾网的使用民俗：

(1) 打网。打网，也称丝网，渔民下捕后，用木板敲击钓船船体，使其发出噼啪、噼啪、噼啪惊扰之声，使鱼群失魂落魄，自投罗网，故称打网。

(2) 龙口网。龙口网，其形似一条长龙，前有网口若龙口，进有喉咙口网状，再进为网体呈圆柱长龙形，尾有结扎收捕口，所谓"龙口网"，它一如渔夫巧设龙门阵陷阱于江湖港汊之中，使游弋于水中的河鲜，顺着潮汐涨落，经喉咙口网口进入，最终一网打尽，尽收鱼鳞虾蟹。

在解放初期，奉城西门尚有吴姓、刘姓、李姓、孙姓等十几户居

民从事结网。1955年底，个体结网者组织成立奉城鱼网供销生产合作社；翌年，入奉城手工业中的生产合作社；嗣后，随着该社结网业的转产，结网工人亦转他业，以及机制聚乙烯和腈纶网应市，结网业遂终止。

4. 盐业习俗

奉贤南临杭州湾，早在春秋时期，该地已有盐业生产，秦汉时期已是“海滨广斥、盐田相望”。东晋时代吴郡南境，也就是今上海市的金山南部，奉贤西南地区，已是盐业兴盛，人丁辐辏。

唐朝时，该地所产之盐，称为“吴盐”，名扬华夏。诗人李白在《梁园吟》诗中赞曰“吴盐如花皎雪白”；北宋词人周邦彦在《少年游》一词中也有“吴盐胜雪”之句，堪见当时该地产盐质量之佳，已为世人所称颂。

奉贤境内的盐业管理机构，有书可稽的是唐朝已设徐浦下场，隶嘉兴盐场。五代后汉乾祐年间（948～950）设袁部盐场属于柘林，设青墩盐场属于高桥镇。北宋年间，袁青二大盐场均在奉贤，南宋绍兴年间，青墩场改为青村场；绍熙年间，袁部场则易名袁浦场。

青村、袁浦两场历朝领地不等，一般以戚漴墩、朱家墩为界，西为袁浦场领五团；东为青村场亦领五团。团之大小，多少各朝亦不相同。其相同之处乃青村、袁浦二场设置时间均长达一千多年，这在奉贤的行政机构设置上堪称之最，直至1959年建奉贤盐场后，两场方撤并于奉贤盐场。

奉贤的盐业生产，清代光绪以前历二千五百多年，均用煎熬法，光绪年间始用板晒法；1958年始推行半机械化、机械化摊晒法。

传统工艺如下：

（1）煎熬法

煎熬法制盐工序，先制卤，后熬盐。

制卤：制卤有8道工序：摊、刮、抄、集、挑泥，再治、淋、藏卤。就是先将淡泥捣细，摊晒干，候潮浸变咸，晒后成盐花，再刮集成堆，最后滴集浓盐卤备熬。

熬盐：铁锅或锅盘内盛入浓卤后，用柴火煎熬一至四小时不等，

> 青村老街

盐成。每50公斤浓卤约熬10公斤盐。熬盐费工耗柴，盐杂质多，味涩。灶上可同时放几眼铁盘或铁锅。

（2）板晒法

清嘉庆年间（1796～1820），浙江岱山岛盐民王金邦，见扁担凹处的存卤，经日晒凝结成盐，受到启发，遂将家中门板盛卤试晒，获得成功。板晒盐色更白味更鲜，且费工少，产量高，岛上盐民争相效法。

清咸丰年间（1851～1861），岱山岛天灾连年，岛上盐民逃生至奉贤柘林一带，板框晒盐法便传入奉贤。至光绪七年(1881)，袁浦、青村两场署所领各团盐民均改用板晒法。

（3）摊晒法

1958年，袁浦盐场派人去淮北参观摊晒法，回来后仿其模式，试验摊晒200亩，获得成功。先将盐田分成格子田，直接利用海水，由高而下，按摊田过水至卤，然后由结晶池晒盐：摊晒法省时省力，产

量高。

1967年，奉贤盐场制盐工艺进一步全面改革，兴筑近6公里盐场海塘，使摊晒场面积扩至1.5万亩，修建水闸2座，全场1864名劳动力，划分成25个盐区，各盐区按统一规划，建成蒸发池、调节板、结晶板、结晶池、盐仓等，整个工程于1970年建成投产。

工艺改革后的摊晒法，其制卤工艺全部由机械化替代。海潮涨时打开闸门，海水自动灌入海塘河，然后用抽水机抽入蒸发池；海水由高而下，流入调节板、结晶板，最后进入卤池。浓卤澄清后，用手摇车将卤灌入结晶池晒，至日晒成盐，便可刮集装车进仓。

由于海涂不断南伸，海水淡化，加上国有企业、乡镇厂矿在海湾崛起，长达二千五百多年的煮海摊晒制盐业，于20世纪80年代起，逐渐为养殖业以及乡镇工业所取代。

5. 渔业习俗

旧时，新造或新修的渔船在下水前，要在船舱中举行祭海仪式。点香烛，焚“元宝”，撒祭品，祈求太平，渔民们边叩头，边祷告以求顺风顺水。同时，由于海滩泥烂难行，为此，择一黄道吉日，选一条渔船下水的必经之路，烧香祭祀，抛上伴有香灰的白米，并插上竹子，辟为新路，俗称“买路”；祭毕，高升鞭炮齐鸣，船只徐徐下海；到了海里，设宴“斋老大”，祭祀渔民祖先；然后大家聚餐庆贺，向船老大敬酒。“斋老大”每年两次，上半年一次，下半年一次。

渔民在船上，忌讳很多。骂人不能骂“浮尸”，说话忌带“沉、碰、铲、灭”等及其近音的字眼，改用其他，如碗叫“石有”，筷称“撑篙”，绳叫“城长”，甏叫“存子”，篾叫“劈水”，盛饭叫“镶饭”，铲刀叫“锅枪”；另有，鞋子不能鞋底向上摆放，忌把筷搁在碗上，吃鱼时忌翻鱼身。渔民在船上不吃竹笋，据说以前有一渔船停泊在避风港，突来一阵狂风，将该船刮出避风港，十分危险，幸亏被一根锚缆牵住而免沉没。风平浪静后，渔民将锚缆拿上来一看，原来只有一根篾把船牵住了。从此，渔民爱竹篾，连竹笋也不吃。渔民在船上吃剩的肉骨头，不能抛入海中，而要带回家抛在陆地上，据说大海最纯洁，如污染了海水，大海要掀起巨浪惩罚你。

> 用网捕鱼

6. 养殖业习俗

奉贤滨江临海，河流纵横，发展水产养殖的条件十分优越，近年来水产养殖面积连年快速增长，其中虾类养殖面积6.42万亩，总产量达1.6万吨，占全市总量的65%，品种有东方对虾、罗氏沼虾、南美白对虾、斑节对虾、基围虾、草虾、青虾等十多种。特种鱼蟹养殖品种有青蟹、美蛙、石斑鱼、加洲鲈鱼、淡水白鲳等达二十多个品种，成为奉贤区农业中的特强产业之一。

人工养虾在奉贤始于20世纪80年代，世世代代晒盐为生的沿海冯桥、营桥、夹路等村的盐民，因杭州湾海水含盐度不断下降，将部分盐滩开场养殖东方对虾，至1982年取得成功。东方对虾肉质鲜嫩、营养丰富，且耐冷冻储藏，是世界三大名虾之一。1985年，一万多亩盐滩全部改为对虾养殖场，形成杭州湾北岸最大的对虾养殖基地。90年代初，发展到1.3万亩，年产对虾一千五百多吨，成为享有盛名的“对虾之乡”。

1993年遭受全球性对虾病毒袭击，对虾生产跌入低谷；1997年，奉贤养虾业走出低谷，再度振兴，养殖面积以每年50%的速度增长；2000年沿海各镇放养了近万亩对虾，大力推行健康养殖模式，有效地控制了对虾病毒的发生，获得了平均亩产250公斤的好收成。近年来推行了早苗暂养、多花养殖、海虾淡养和稻田养虾等新技术，使鲜活虾的上市时间比原来常规提早两个月。

7. 捕蟹习俗

柘林香花桥，位于柘林城东门外的上横泾河面上。上横泾东连横泾港，西连竹港，中间北侧环城河连通贝港（又名半冈塘），均属黄浦江水源南流之端。这里几乎没有潮水涨落现象，属于稳定活水水源。据《新寺志》时记载：从清代起至民国时期，柘林城内外河道里河蟹繁殖甚多，丰满健壮，生长旺盛。民间相传在清代中期，有一个客乡人来柘林抓蟹时，曾经在香花桥下抓到一只较大的河蟹，体形颇为特别，八只蟹脚都多长了一茄（即一节），此人在市场上出售自己捕抓的河蟹时，以此蟹为样品，叫卖声称“柘林香花桥黄蟹体壮味鲜”。蟹体色泽青中带褐，蟹脚呈黄褐色，煮熟后，其火黄色强于他地河蟹，故被称为“香花桥黄蟹”。

从清代至民国，每年逢秋风起，即为捕蟹汛期。民间常用蟹簖来捉蟹，并根据河蟹夜间出行特性，在河浜滩边，搭起三角形草棚，称为“望蟹棚”，晚间点亮马铃灯，在河中放蟹网捕捉。一般在50米或100米设一个“望蟹棚”，棚内有人守望着，见灯光处网有牵动，即收网捕捉，这样时放时收，自有一番捕蟹乐趣。

所捕蟹除了在本地出售外，有的还到南桥，甚至多人结队渡过黄浦江，以“柘林香花桥黄蟹”的美名，在闵行市场上出售。柘林香花桥黄蟹为秋季宴客席上之佳品，故有“九月九，蟹溜酒”之民谚。

解放后，为消灭钉螺，药物渗入河水中，影响蟹苗及幼蟹生长，香花桥黄蟹逐年减少。

8. 园林业习俗

(1) 锦绣黄桃

光明镇有“中国锦绣黄桃之乡”的美誉。光明农户历来喜爱种桃。20世纪40年代先后建有牌楼桃园与石家桃园，具有一定规模，所产黄桃、玉露、蟠桃等闻名遐迩。1978年奉贤开挖南北干河金汇港，河岸两旁堆土形成高地，适宜果树种植，光明人在上海农科院专家帮助

> 黄桃上市了

下，引进了“锦绣黄桃”，建立黄桃基地，大田和自留地都种了黄桃，以后逐年延伸到家家户户的宅前屋后，正是“家家有桃园，年年万吨果”。

光明锦绣黄桃果形肥硕，色泽金黄，汁多味甘，桃香浓郁。经检测，锦绣黄桃较普通桃子有更丰富的抗氧化成分，是一种营养与保健价值都较高的水果。为适应家家户户种黄桃的状况，镇、村都致力于普及黄桃栽培技术，他们建立了“光明锦绣黄桃研究会”，研究锦绣黄桃优质高产技术。1998年光明镇被国家农业部评为“全国百家农林特产乡镇”，并命名为“中国锦绣黄桃之乡”。

（2）“江南第一梅”

南桥镇东街有一株古腊梅，在旧城区改造中受到悉心保护，老梅又抽出了新枝，在数九严冬中繁花满枝，傲寒怒放，百年幽香依然如故。

> 江南第一梅

据腊梅的主人年近80高龄的曹志高老先生介绍，这株腊梅为他的曾祖父所植。他的曾祖父是清同治年间的举人，此梅距今已有一百三十多年了。与一般腊梅丛生的枝条不同，它有一棵粗大的主干，据说原来有两层楼高，1956年遭强台风袭击，刮断了上半截，剩下现在5米左右，却又从根部老梅椿上，萌发出一丛新枝，充满勃勃生机。梅干状如虬龙，树形奇特，胸围有58厘米，根围136厘米，基部还生出了碗口大的灵芝数枚，最早的也有三四十年了。前来赏梅者莫不为其清奇古朴的树形而赞叹。它的花形较大，花心纯黄色，花瓣椭圆形，清香中带着甜香。行家说这叫“荷花梅”，属净素心腊梅，为腊梅中之上品。市古树名木管理部门将它列入“上海古树名木之最”，誉为“江南第一梅”。每年腊梅盛开时，远近慕名前来观赏者络绎不绝。

(3) 金秋十月方柿红

金秋十月，无核方柿之乡奉城镇许多农家门前屋后的柿树上硕果累累，绿叶丛中有黄中透红的小方柿，光亮的大红方柿，还有鲜艳的朱砂红柿等等，飘拂着醉人的果香。

在奉城地区，柿树种得最早最多的要数永益村。目前保存的单株树龄最长的已有六十多年，每年仍可收柿果100公斤。其中，四组村民叶妙才栽培的单株树龄26年，树高3.5米，冠幅70平方米，1994年收柿果400公斤，列为全镇柿树产量之最，被誉为柿子王。

永益村在1991年前，是有名的贫困村，自1992年起该村培育了柿苗30万株，上市柿果60万公斤，并出现了亩产超3000公斤的高产地块，经济发展迅速。其中“柿子大王”黄俊新种植的近7分田方柿，1994年总产量达2500公斤。在永益无核方柿丰产基地示范推动下，全镇柿树面积迅速发展到1500亩，占耕地总面积的5%，占全镇农业收入的20%左右，成了名副其实的柿子镇。

(4) 牡丹花会

“谷雨”前后，邬桥镇牡丹盛开。每年一度的“牡丹花会”在此举行，八方游客络绎不绝。被誉为“江南第一牡丹”，花名“粉妆楼”的吴塘村明代古牡丹，桃红色的花朵大如碗口，香气袭人，娇艳欲滴。近年来从山东荷泽引进的三千多株牡丹花苗，有“状元红”、“葛巾紫”、“玉版白”、“二乔”等三十多个品种，如众星拱月，姹紫嫣红，让人大饱眼福。参加花会的上海市牡丹文化研究会和各区县书画社成员，以及邬桥镇牡丹国画班的小学员们，当场以牡丹为题，赋诗作画，“牡丹之声广场文化专场”也在街头演出。

邬桥镇古牡丹为明代杰出书画家董其昌所赠。据方志记载，董其昌少年时就读于松江叶榭水月庵，与邬桥镇伍塘村金学文为同窗好友。万历年间，金家新居落成，正值董升任礼部尚书，临赴任前，亲笔书写“瑞旭堂”匾额与“粉妆楼”牡丹相赠。金家历经22代，世代视花为宝，精心养护受赠牡丹，每年冬春用猪肠煨汤浇施，牡丹年年绽蕾吐艳，至今已有四百多年历史。其间中外客商豪富多次以高价求购，金家不为所动。20世纪90年代初金家老宅拆迁，将古牡丹和匾额捐

> 上海地区目前所存最古老的牡丹(乃当年董其昌引进的牡丹品种)

赠给国家。镇政府在原地修建了“明代牡丹苑”，在古牡丹四周种植了数百株牡丹、芍药，并设置牡丹亭等景观。据市古树名木管理部门鉴定，这苑牡丹为上海地区目前所存最古老的牡丹，誉之为“上海古树名木之最”和“江南第一牡丹”。

9. 造船业习俗

解放前沿海渔民多用摇橹小船捕鱼，风帆船数量很少，这些船多是手工制造。

20世纪50年代中期，集体渔业组织逐渐增添5至20吨方头木质备帆渔船，渔民称之为舢舨船，张高稀密网捕鱼。1958年开始装配机帆船捕鱼，多为福建式机帆渔船。60年代，又改为宁波式，吨位增到五六十吨。各类麻制渔网也逐渐由聚乙稀和腈纶网替代。

80年代的渔船式样有所改进，可以说是集各式之优，渔民称为三省一市式，即头尖(浙江式)、身宽(福建式)、尾圆(江苏式)，驾驶台为上海式，并配导航、助渔、通讯、电台等设备。1984年奉贤有渔船490

艘，其中远洋机动船16艘。近洋渔网属定置张网类，有密网(称龙头网、盂网)、稀网(高稀)、反扛网、海蜇网(草绳网)、插网、船钓、滩钓、抛丁网、地角网及小型拖虾酱网等。远洋渔网有围网与拖网两类，围网类，有打洋网，也叫大洋网；拖网类有桁拖网（拖虾网）和大拖网(轻拖网)，大拖网为双船作业，桁拖网为单船作业。

[二] 商贸习俗

1. 庙会集市

明末年间，柘林南面护塘北侧的小普陀庙，供奉着观音菩萨。观音菩萨生日为农历二月十九，这天小普陀庙香火旺盛，近邻客乡的善男信女云集于此，既行佛事，又买卖日常生活用品。这便是奉贤地区最早出现的庙会集市。清朝初年，齐贤白沙庙定农历十月廿四为市场，这是奉贤地区第二个庙会市场，从此，各地先后举行定时定点的节场活动。如农历四月半是高桥庙会；农历八月半是道院庙会；农历八月廿四是泰日蒋和庵庙会；九月重阳是钱家桥节场，此外差不多每个集镇都设有节场。一年中，约有二十多个庙会集市。

农历二月十九柘林小普陀庙节场，时值春耕准备阶段，农民们烧香拜佛，同时正需要买些日常小农具，这种适时的市场当然很兴盛了。金汇、肖塘两地节场在农历九月十九和十月初一，正逢秋收结束，农民手头有些钱，急需添置些日常生活用品；另外，农闲时节，逛街看热闹的人也多。齐贤白沙庙的节场在农历十月廿四，这时农村正须备置家具以及采办婚事用品，加上又是一年中最后一个节场，人们都不愿错过这个机会。所以每年节场来临，总是热闹非凡，露天摊头从屠家桥摆到黑桥头，长达三里许。

庙会节场市场繁荣，农具、日常用品、家具嫁妆、南北杂货及土特产，应有尽有。小吃摊、酒肆、茶园、馄饨担、汤圆摊、面食摊、鸡

> 修棕绷是一门手艺

蛋糕梅花糕摊，星罗棋布。农民喜欢买一些点心杂食，边吃边逛节场买东西。

庙会集市上文娱活动很活跃。有猢狲做把戏、木偶戏、看西洋镜、卖唱的。在茶馆里有说书、唱评弹的；在篷帐内有跑马戏；到了晚上还有皮影戏、唱滩簧。抗战前，有的地方还有无声电影可看。凡进屋舍或篷帐内看文娱节目，进场得付三五个铜板。在街头看卖艺卖唱的，给钱多少不计，不给钱也行。

在庙会节场的文娱活动中，夹杂着一些卖膏药的，卖膏药者往往选择一个热闹之处，划出一块空地，先赤膊上阵表演一番武艺，然后用铁器打“伤”自己，再贴上膏药，自吹膏药灵妙，包治跌打损伤，然后卖药。有扦脚鸡眼、拔牙镶牙的江湖行医者；还有看人面相的“相命”，拎着鸟笼的“鸟衔牌算命”及“拆字算命”等等。一些善男信女欲求个好运，就出钱相命或算命，常受骗上当。

在节场的空旷地带，往往会设一个牛市场。农民把牛牵来，在牛市场进行买卖或交换。牛市场由当地的“牛头”主管，由他来喊价、定价，撮合买卖。买卖成交后，“牛头”得一份报酬。也有牛贩子串通“牛头”，骗取农民钱财的。

昔时各地的庙会节场，主要由当地有权势者会同财主、商界政要发起。发起人先向当地各界顾主募款，并设酒席招待，还以免收地基费（摊位费）招徕顾主，受款待的顾主可连续设摊三年。顾主一般得看生意好坏而定往后是否再来，若有利可图，来年再回来；无利可图，则来岁不再设摊。奉贤较大规模的传统庙会集市，至抗战时曾一度停止，抗战胜利后，又有兴起。有的节场还延续到解放后，有的被改名为“城乡物资交流会”，继续为繁荣城乡经济起着作用。

2. 传统街铺和农村集市

以南桥成市而论，本地区商业的起源不会迟过晚唐。元末明初，青村(今奉城)已成大镇，陶宅(俗呼陶家宅头)远近闻名，“遐迩游观者骈臻于是”([明]钟薇：《陶溪旧址记略》)；明代，柘林为“海人辐辏之步”；清代，商业更趋发展。据清光绪《重修奉贤县志》载，当时奉贤已有大小市镇57个，青村港“廛盛冠东乡”，金汇桥“棉花市最繁盛”，三官堂“市集颇盛”，甚至连益村坝那样的小集市，“木棉盛时，商舶纷集”。

民国八年(1919)，粉线商业以花米业为领头，形成花行、米庄、布庄、槽坊、油坊、烟杂、百货、南货、茶食、锡箔、竹木、地货、砖

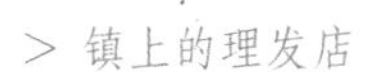
> 镇上的理发店

> 竹编制品

灰、茶馆、菜馆、理发等33个行业。抗战前夕，大小集镇共有58个。大镇行业齐全，坐商200～300户；中型镇行业二十多个，坐商50～60户；乡村小镇行业3～5个，坐商十余户。

民国二十六年（1937），南桥、奉城、青村港、金汇、萧塘等镇许多商店被日本侵略者炸毁、焚毁，有的被迫停业，有的化店为摊，市面凋零。“清乡”前后，日军大肆掠夺棉粮资源，致使花米业畸形发展，仅庄行镇就有花米业56户，其他行业则勉强支撑，惨淡经营。抗战胜利后，国民党打内战，商品流通渠道仍被阻塞，通货膨胀，黑市猖獗，小店小行无货可售，倒闭不少。至民国三十七年（1948）末，仅有行业29个，商店1720家，资金总额23767元(金圆券)，其中有516家商店加入了南货、粮行、鲜肉、酱酒、茶园、菜馆、竹木、木器、银楼、铁器、砖灰、民船、染坊、绸布洋广、茶漆油麻业等15个同业公会。南桥为奉贤商业中心，时有商号二百四十多家。

1949年5月奉贤解放后，党和政府立即着手组织生产，恢复经济，稳定物价，活跃市场，先后建立粮食、花纱布、百货、土产等国营商

> 奉浦餐饮休闲一条街

业机构，积极扶持私营商业恢复发展；同时，发动农民集资，建立起农村供销合作社。1953年起，国家对粮食、棉花、油料作物实行统购统销，对生猪实行派购政策，国营商业陆续建立专卖公司和工业品批发机构。供销社商业在集镇和自然村扩大零售网点，增设收购站，基本控制农副产品经营业务。1956年，对私营工商业进行了社会主义改

> 老街商铺

造，从此，奉贤商业形成以国营商业为主导、供销社商业为助手、集市贸易为补充的商品流通体系。

3. 现代商业习俗

解放后本地区的商业逐步现代化，近年商业的发展，已与市区趋同，但仍然传承了一些地方特色。

奉浦餐饮休闲一条街　坐落在奉浦开发区的环城东路上，北起奉浦大道南至航南公路，建筑群体造型各异、气势悦人，门面布局精美别致。在1500米长的街道上有着几十家餐饮店和多家娱乐场所。不但可以吃到正宗的本帮菜，还可以吃到川菜、湘菜、鲁菜……真可谓是美食海纳百川。除了大连天天渔港和小田园落户在此外，皇品、汇都、大宅门、小元国等十多家中高档饭店各具特色、争香斗艳。各邦名厨荟萃，生意火爆，全年餐饮营业额超过两亿元，是上海二十条休闲街之一，也是奉贤有名的不夜街，2007年度被评为上海特色商业街。

海湾海鲜一条街　位于奉贤海湾旅游区。海湾旅游区的滩浒岛盛产大白虾、凤尾鱼、海蜇皮，人称“滩浒三宝”。海鲜一条街的各家饭店内都有时鲜的东海带鱼、鲳鱼、墨鱼、大黄鱼、大明虾和活的铁沙头、蛏子、黄泥螺等供应，尤其是活的东海梭子蟹，其价格不到市区的一半，可谓价廉物美。棕榈滩大酒店前的海鲜夜排档，更是吃夜宵的不二选择了。

叁 人生与社交礼仪

[一] 诞生民俗

1. 怀　孕

奉贤民间，俗称妇女怀孕为“有喜”。为了顺利生育一个健康美貌的孩子，就产生了一些禁忌：如妇女怀孕，禁忌说生小囡（上海方言，即小孩），而要说“有了”、“添喜”等；孕妇禁食兔肉、麻雀、雀蛋、田螺、螃蟹等，因为有“同类互感”的俗信；少食或禁食辛辣的辣椒及鲜姜；在日常生活中，禁忌肩披纱线及绳子，还要禁忌跨过牵牛绳、牵羊绳以及其他绳索；禁忌亲自干捆绑东西的活（特别在自己住室内干此种活）；禁忌观看奇形怪状的图画；禁忌听放高升、鞭炮等过大的声音；禁忌接触丧事，也不可观看入殓、出殡、道场等活动；禁忌参与祭祀、敬神之事；禁忌手拿食盐授予别人；禁忌在平时不常经过的野外大小便；禁忌夜晚外出不归或夏夜在室外露宿；临产前，家中墙壁上禁忌钉钉子。

孕妇临产前约一个月，娘家父母送礼至婿家，看望孕妇，以贺如意，名曰“催生”，此俗在宋代就已流行。娘家就要准备婴儿所需的尿布、衣服、饰物和食品。数量和质量视家境贫富而定。若娘家准备的东西少而差，会引起男家邻里的议论，被公婆看轻，故旧时夫家较富裕，而娘家家境贫寒的孕妇，会暗中送钱送布到娘家，让父母早作准备，以争面子。

2. 生　产

孕妇禁忌在他人家里或娘家分娩生孩子。往昔，都在夫家分娩，由“查婆”即接生婆来家中接生婴儿。婴儿将要降生时，家中禁忌动锁、钥匙、麻袋、秤杆，否则，俗信以为会遭难，或幼儿将来会患麻脸，或会长不大等，奉贤民间故有俗语说“养煞十八斤”。分娩时，禁忌男人入产房，因为男属阳，女属阴，此时，女虚弱，难与阳刚盛气抗衡，对产妇婴儿不利。又禁忌邻居等外人入产房，以避免外邪之气带入产房，对母婴不利。

婴儿降生后，胎胞，即胎盘，禁忌乱丢乱放，须用通风透气的稻草包裹好，高挂在屋后壁上，时过三朝后，放入较宽阔的外通河港里，意即孩子长大成人后，能胆大心细，四通八达，办事有成。分娩后三天内，产妇禁忌平卧，用一至二条棉被放在产妇背后，人陪坐在床，称“陪舍姆（上海方言，即产妇）”，使淤血下流，不上冲内脏，影响健康。月子里产妇禁忌受凉及饥饿。婴儿降生后，要向亲戚朋友“报喜”，分“喜蛋”，喜蛋禁忌用鸭蛋、随色蛋、生蛋，须煮熟并用一品红颜料染成红色。此因鸡蛋的“鸡”与继嗣的“继”谐音，故用鸡蛋，蛋能孵出小鸡来，故民间以“鸡蛋”作为蕴含生殖力的吉祥物。

孩子生下来后，亲友探望产妇，馈送物品或钞票，称之“望舍姆”。婴儿生下第三天，产妇家设宴庆贺，称“做三朝”，东乡称“做第三日”。三朝那天，主要是请洗生婆来给婴儿洗浴、检视脐带剪痕，并更换新衣。这天还要举行酒宴，奉洗生婆为主客，并请婴儿分娩时帮过忙的人来做客。此俗只请女客，不请男客。

3. 育　婴

往昔，在家里婴儿降生后，首次给婴儿擦洗嘴巴，禁忌采用甜味，接生婆须用苦味的青蒿汤液擦揩。头三天内，家中禁忌开油锅，禁忌油辣气味，因油辣气味会刺激婴儿气管，影响婴儿健康；禁忌刮铁锅、劈树柴，室内钉钉子，这种怪声会惊吓婴儿；新生婴儿三至五天内禁忌开奶，须用温水喂养，开奶时，禁忌产妇喂自己的奶水给婴儿吃，如生女婴，须请生男孩的妈妈给新生婴儿喂首次奶水；如生男婴，须请生女孩的妈妈首次喂奶。禁忌产妇用最初的奶水喂婴儿，须用挤出2～3次以后的奶水喂养。

新生婴儿进食开荤，须用河虾喂食，俗以为将来孩子长大会像河虾一样机灵活泼聪明，故禁忌用其他鱼肉荤腥给婴儿开荤。平时禁忌喂鱼籽给婴儿吃，因为鱼籽多而数不清，若犯忌，说是将来孩子读书认不清字、认不清数，又禁忌在屋内抱着婴儿撑伞，否则将来孩子会长不高。

婴儿住处禁忌大声喧哗，禁忌陌生人看婴儿，禁忌婴儿接触过强灯光及过热过冷物体。2岁之内婴儿，如家中人抱其走亲戚或外出时，婴儿肩上须携挂一颗大蒜，俗以为大蒜能避邪避鬼，不让邪恶之气入侵婴儿；归家时，禁忌抱着熟睡的孩子进家门，在进宅基之前，须叫醒熟睡的孩子，并说“××，我们到家！回家了！”否则，俗以为孩子灵魂在外，没有回家，会影响婴儿健康。禁忌在熟睡的婴儿脸上点红涂色，俗信认为婴儿熟睡时灵魂会外游，如若犯忌，灵魂就不认识原形而难以附体，会影响婴儿身心健康。

现今在奉贤农村个别地方，这些禁忌或多或少还有遵行外，大都已很少流行。有些裨益于母婴身心健康的禁忌，仍相沿成俗。

4. 做满月

旧时，孩子出生第三天请酒，称做“做三朝”；第十二天请酒，称做十二朝，又称“小满月”。但最普遍的是“做满月”，又称“请满月酒”，多是家人、亲友聚一聚，吃面条、蛋糕等。20世纪90年代以来，随着人们生活水平的提高，做满月排场大，桌数多，亲朋云集，酒席丰盛。亲友们给孩子赠送礼品，有糕点绒线衣物、玩具等，还流行送现金，称百岁钱。主人向客人分发染上红颜色的“喜蛋”，俗称“报喜蛋”。

满月后，给孩子剃“满月头”（亦有剃“百日头”的）胎发由父母用小块红布包扎成桂圆般球状，系上彩色丝线悬挂于床上或织布机上，有的用红纸贴在墙上，旧俗认为这样做可使孩子胆大。理发师剃胎发时，边剃边唱口彩，并极为用心，决不能剃破头皮。剃毕，由父母抱着婴儿与宾客见面，颂扬一番。东家往往会付较高的酬金给理发师。此后，产妇可回娘家。为婴儿抹个小黑脸，身上佩戴大蒜头或“狗元宝”（狗脊椎骨）等，意为避邪，保孩子平安。

5. 做周岁

婴儿出生一周岁，俗称“纪岁”，父母为孩子做生日，规模较小，有面条、蛋糕，其中面条称纪岁面，蛋糕意为步步升高。有宴请亲朋好友的，也有两家亲家聚一聚，不摆宴席的。多数要下“纪岁面”，以祝婴儿健康长寿，分送左邻右舍和宾客共享，亲戚朋友前往贺岁，送上红包（压岁钿），也有送童装、童车、玩具的。

孩子满周岁，旧时尚有“试卒”之仪，陈设书画笔砚、刀剑弓矢、算盘秤尺等各类物品，任小孩拈取，视其所喜，以观其志，预卜日后前途、成就。此俗在南宋就已形成，但一般只在阀阅世家，至于乡间农户中并未成为习俗。

[二] 婚 俗

1. 传统普通婚俗

奉贤地区婚俗在清代以前，大体遵循儒家所定的“六礼”，即“纳彩”（送礼求婚）、“问名”（询问女方名字和出生日期）、“纳吉”（送礼订婚）、“纳征”（送聘礼）、“请期”（议定婚姻）、“亲迎”（新郎亲自迎娶）六大步骤。

“其婚姻大率以华赡相尚。缔姻则问其产，遣嫁或罄其家，自纳彩（今之始通媒妁）以至反马（今之满月双归），其间往来缛节，多不合礼，且有失于僭而不自知者”。清乾隆《奉贤县志》中这段话，说明了婚姻习俗中讲排场、摆阔气的特点。同时，婚姻习俗中的另一特点是尚早婚，一般男十七八岁，女十六七岁就成婚。男女结合，全凭父母之命，媒妁之言，当事人无半点自由。

定 亲 男子15岁左右由父母求亲，俗称“讨八字”，再请“合八字”，若是“龙虎犯冲”、“蛇要食鼠”、“羊落虎口”等生肖冲克和“五行冲克”，甚至女大3岁或男大6岁，都被视为“不吉利”。如合“八字”，女家则由姑娘父母或姊妹或兄嫂至男家看相或暗中了解男家家产、男青年容貌品行，俗称“相亲”。“嫁囡高三分”，一般男家要比女家富些。同样，男家也要打听女方情况，如双方满意，便定下亲事。

彩 礼 男女双方同意定亲，男方便送信物，称做“彩礼”。第一次送彩礼，男家便希望女家择定亲日。女家对彩礼受得多，说明称心满意；反之，则表示有意见。受彩礼一般要退回一部分，称“回根”或“回礼”。如女方和男方贫富悬殊，女方将彩礼全部或大部退回，表示无力办嫁妆。第二次送彩礼是现金，男家连送三次，称“行盘”或

“拿盘”，第一、二次女家不收，第三次才收下，此时男家将婚姻期通知女家。贫苦人家只象征性地送彩礼。

过 门 男女定亲后难得见面，如遇婚丧喜事，方可邀请往来。辛亥革命后，男女青年为相互了解，婚前由家长议定吉日，姑娘在媒人陪同下，首次去男家拜见未来的公婆和长辈。此后，姑娘可随时去婆家，但不能过夜，谓之“通脚”或“过门媳妇”。接着，男青年则携礼拜见未来的岳父母及长辈。以后，男青年可随时去丈人家，俗称“毛脚女婿”。

迎 妆 婚礼前，男家去女家迎嫁妆，富户办“橱箱嫁妆”，并给“垫箱钿”和“花粉钿”。贫苦人家大多将母亲出嫁时的嫁妆整修重漆一遍再充嫁妆，故俗有“外婆传娘娘传囡”之说。但马桶、提桶和脚桶必备。岱山籍盐民尚有嫁妆“针线匾”，匾内由母亲放入针、线、尺、剪刀和针箍等物品。婚后第二天，由新娘的嫂或妹送去，男家举行仪式，然后同饮送匾酒。旧时，嫁妆被褥要找“全福人”，即花烛夫妻和多子女的妇女缝制，在铺盖中放入喜钿，谓“子孙包”。马桶，称“子孙桶”，内放红蛋（喻勤生孩子）、枣子（谐音“招子”）、长生果（寓“长生不老”）等。嫁妆摆在客堂中让人观赏，称“晾妆”。

迎嫁妆极为讲究礼节，稍不注意会遭到女家挑剔，甚至拒绝发妆。迎嫁妆的工具贴上红纸或大红“喜”字，鸣锣鸣炮入宅。挑篮放场上，扛棒和扁担靠在柴堆上，女家不招呼不得入客堂。男家迎妆要付喜钿给女家帮忙者，如嫌少，会偷藏扛棒或扁担，迫使男家加钱。女家不发妆，就敲锣“催妆”。女方哥哥征得妹妹同意，方可发妆。迎妆者须退出门外，由姑娘之兄先马桶，再被褥，而后逐件发出。嫁妆忌讳讲“扛”，而讲“涨”，取上升之意。迎妆者只能一只脚跨在门槛里，一脚跨在门槛外，双脚跨进门口，女家要说“抱嫁妆”。肩挑嫁妆不得中途停歇，嫁妆到男家，鸣爆竹迎接，放入客堂，由“全福人”解被摊床，而后所有嫁妆搬入新房，依次排列整齐。

嫁 娶 娶亲用花轿，红灯引路，鸣锣开道，由女家东南方入宅。婚前三日内，新娘禁吃烟火之食，只能以蜜枣等干果充饥，叫做“饿嫁”。姑娘上轿前，由女礼宾先替之“开眉”，即绞去脸上汗毛。临嫁

> 传统婚礼

前，由嫂嫂盛满饭捧给姑娘吃，俗称“上轿饭”。姑娘脚穿红纸封底新鞋，称“上轿鞋”。临上轿，姑娘痛哭，称“哭嫁”，哭嫁时有腔有调，称“哭嫁歌”。姑娘先谢爷娘，再谢姐姐、长辈、哥嫂和媒人，姑娘之母亲告诫女儿如何做好媳妇，名“十诫训”。有的隔夜开哭，称“谢嫁妆”，感谢爷娘办嫁妆的辛苦。哥哥抱妹上轿，称“抱上轿”，哥哥挽住花轿叮嘱妹妹，谓“挽轿”。启轿后，哥哥喊停轿，再次叮嘱妹妹，称“问轿”，一般要达三次之多。轿夫故意在途中颠簸，称“颤轿”，颠得新娘头晕眼花，为此，新娘可将事先准备的盛灰脚炉踢出轿门，轿夫便不能再肆意颠簸。

拜 堂 花轿入宅，结婚仪式开始，鸣放爆竹、奏乐，新郎新娘手拉红绿牵巾，拜天拜地拜祖宗及夫妻对拜，然后，随花烛送入洞房，双坐床沿。新郎用秤梢挑去新娘头上盖红巾，寓意“称心如意”。

新婚之夜，亲友与本家宴请新人，称“吃暖房”，又叫“送暖房”。宾客先向新人敬酒和献吉祥话，再请新人互敬酒菜、烟、糖。用饭时，在新人碗内分别藏有苹果、生梨、糖果、红枣、肉骨头甚至小酒盅等逗趣。

洞房花烛夜，男女老少涌入新房祝贺取乐，称“吵新房”或“闹新房”，俗有“三日无老小，太公太婆都可吵”之说，谓“吵发”。

回 门 婚后第三天，新娘由新郎陪同回娘家，称“回门”或“归宁”。媒人也陪同前往吃最后一顿酒。新女婿须备猪脚、肉圆、鲜鱼、鸡蛋等拼盆及馒头、糕点及烟酒为礼物。女家设宴称“回门酒”。新婚夫妇不得在外过夜，须当天落日前回男家。十二朝，新娘独自回娘家，住上12天，称“小满月”。一个月后，新娘再回娘家，住半月以上，为“大满月”。

2. 传统特殊婚俗

“便亲”婚俗，即男女简单成婚，此俗一般在贫苦人家流行，大体上有童养媳、对换亲、叔接嫂、入赘、填房、拜寡孀、偷结婚、抢亲等几种。

童养媳。俗称“养媳妇”。贫苦家姑娘从小被出卖或由父母包办定婚，去婆家当小媳妇，也有男方欲节省婚娶费用，见有贫苦人家无力抚养的女儿领回收养，待姑娘长大，与其儿子成婚，俗称“并亲”。

对换亲。男女双方家庭经济困难，无力为儿子娶亲，经媒人说合，双方各以自己的女儿嫁给对方的儿子，一切聘礼均免，此俗在民国年间较为流行，此俗又称“换姑娘”、“搭纽亲”。

叔接嫂。弟娶亡兄之妻称“叔接嫂”，经长辈撮合同居，兄娶亡弟之妻，称“伯伯接弟媳妇”，此俗解放后偶有所见。

入赘。男子就婚于女家并成为女家的家庭成员，俗称“招女婿”、“过房儿子”，一般由女家办酒拜堂成亲，旧社会赘婿地位低下，改女家姓氏。今赘婿不受歧视，也不用改姓换名。

填房。又叫“填身”。小康家妇人亡夫，不愿守寡或改嫁到别处，便嫁穷汉为夫，此夫到女方落户，不拜堂，略备薄酒招待长辈。男方一般不改姓，有财产继承权，此俗至今尚存。男的死了妻子续娶的也叫“填房”。

拜寡孀。妇人亡夫，公婆不准改嫁，有的寡孀冲破封建礼教，与男汉私定终身，约定日期，男方邀请一帮青年，挑着鱼肉，突然间进

> 田头集体婚礼

寡孀家，鸣礼炮拜堂成亲。男家一面劝说寡孀的公婆，一面薄酒聚餐。也有真正强迫拜堂成亲的。

偷结婚。定亲后到了婚龄，男家无力举办婚礼，以“请吃饭”为名，将姑娘骗至男家突然成婚，次日，男家请媒人去女家报讯，女家反对，但生米已成熟饭，只得以不备嫁妆为惩罚。待女儿养孩子后，再补送马桶、脚桶和衣服。

抢亲。姑娘或寡妇或失身姑娘，企图赖婚，而被穷汉抢到家中草草成婚。抢亲有两种情况，一是男女当事人事先商量好的；二是男方未与女方通气，女方无准备，抢亲由男方暗地实施。旧时抢亲前，须向当地地痞送礼，以免他们干涉。

3. 现代婚俗

辛亥革命后，特别是“五四”运动后，县城中进步青年首开自由恋爱之风，并受西洋婚俗影响，婚俗渐变，出现集体婚礼、中西合璧婚礼等文明结婚，如用轿迎娶新娘，改穿西洋结婚礼服，拍结婚照，奏婚礼进行曲等，但只限于县城及一些大镇中开通的中产以上知识分子家庭。

近年，奉贤民间的婚嫁在沿袭习俗的同时，受现代文明影响，日趋简化、文明。婚嫁形式多样化，求婚出现网上征婚、登报征婚、电视约会等，追求浪漫和新奇；结婚以参加集体婚礼和旅游结婚为新时尚。

订 婚 俗称定亲、攀亲。男女双方确定恋爱关系后，由男方送聘礼到女家，定下婚约，择日订婚。订婚之日由男方备酒席招待女方家人及亲友。1950年颁布《中华人民共和国婚姻法》后，自主婚姻逐渐流行。1985年后，境内青年男女时行“自择对象、自由恋爱、自主敲定”，再告知双方父母并约见，称心满意后，邀请亲朋好友作“介绍人”，但当地仍以亲戚朋友介绍订亲者为多。确定亲事后，先由男方（或女方）请介绍人呈递帖子、彩礼（首饰、衣料等）、礼金（现金）给对方。其中礼金逐年增多，80年代数百元，90年代数千元，2000年后上万元。过门当天，男方（或女方）须派车去接“过门媳妇”（或“上门女婿”），以燃放爆竹、鞭炮迎候。过门排场越来越大，80年代仅二三桌酒宴，90年代后则十几桌不等。席间，“新人”逐一拜见长辈，长辈都要给见面礼（俗称“叫钿”）。过门后，每逢节假日或传统节日过门媳妇、毛脚女婿时有往来。

由于订婚不受法律保护，订婚后告吹的较多，近年已趋淡化。20世纪80年代后，婚姻介绍所开始出现，未婚或再婚男女均可到婚介所登记，由婚介所介绍认识，婚介所收取介绍费。也有退休女士热心当“红娘”，事成后赚取“酬谢金”。90年代起，男女登报征婚、网上征婚、电视约会等方式已不再鲜见，越来越多的男女简略了订婚仪式，直奔结婚主题，但婚前送彩礼的旧俗至今还在城乡盛行。90年代，彩礼动辄上万元、数万元，礼品的档次也越来越高。80年代至90年代初，男方送火腿、烟酒、水果、干果、保健品等，此后，男方家长给未过门的媳妇送戒指、项链、新潮衣服较普遍，高收入家庭则馈赠白金首饰、高档服饰等礼品。

婚前准备 结婚前，男女双方到婚姻登记处领取结婚证书，并到指定医疗机构进行婚检。20世纪90年代起流行拍婚纱照，内有几十帧照片，价格不菲。近年婚纱店越开越多，服务亦更完善，从拍摄结婚相册，到新娘化妆、租用婚纱、礼服、拍摄录像等，一应俱全。90年代后期，奉贤城南桥地区还出现婚庆中介机构，为结婚男女策划婚礼仪式，显得气派体面，受到部分有条件家庭青睐。

话好日 是确定结婚的日子，由双方介绍人撮合。大集体生产时期，习惯把结婚日期定在春节期间，日子宜双忌单。90年代，习惯选在元旦、劳动节、国庆节、春节等节假日，也有选在某个双休日等。

置新房头 90年代起，一些婚家时尚在镇上、南桥，甚至上海市区等地购买商品房作新房，设施齐全、环境优美。有的结婚户流行“两面”（男女双方）装修新房。置新房花费少则几万元，多则十余万元。也有青年男女在原有老宅置备新房。

设酒宴 2000年后，结婚讲究排场，男女家都要摆酒席。大多数人家在酒家、饭店设酒宴，也有去企业、学校食堂或在专供办喜事的场所设宴的。农村大多在自家屋中摆酒席。酒宴费用从80年代一桌百元、90年代的二三百元上升至上千元。

打铺盖 出嫁前一天的傍晚，新娘的红绿被、枕头等细软用一匹土布精心打理成端庄而又整齐的铺盖。打铺盖者应由花烛夫妻且生有儿子的哥嫂，阿姐、姐夫，叔婶或亲朋好友（平安地区称“全福人”）操持。铺盖上系有门帘竹，一头系天竺子，另一头系万年青，寓意夫妻百年好合、万古长青，然后将所有嫁妆整整齐齐地摆放在客厅里。

取嫁妆 结婚当天上午，男家的亲戚去女家取妆品，称取嫁妆。80年代用船或自行车，90年代用汽车。取妆讲究礼节，稍不注意即遭女方长辈挑剔，甚至拒绝发妆。要等女方“有请”后方可进门。接妆后，途中不能换手，也不能停歇，称兜青龙，此俗今仍流行。2000年后，发妆趋简单，发完新婚铺盖后，任由男家人进屋取走。80年代，嫁妆有整箱土布、缝纫机、收音机、自行车等；90年代后，老式日用品渐被现代化用品所取代，除各色大花被外，空调、沙发、液化气灶、摩托车、自行车、电脑、微波炉等。嫁妆到男家，鸣炮迎接，而后将所有嫁妆搬入新房。近年时行隔夜取嫁妆习俗。

迎 亲 20世纪80年代娶新娘用船、自行车，90年代渐用轿车，2000年后，娶亲轿车车头贴一束鲜花，车前贴红双喜字，车牌上贴有

"百年好合"、"花好月圆"等祝福语。迎亲车队由轿车、面包车组成，一般6辆左右，并有逐渐增多之势。迎亲队伍中照相及摄像人员是必不可少的。车队到女方宅前停下，女方燃放鞭炮，然后，介绍人引领新郎及新郎的兄弟姐妹（俗称新客）入宅。女方在桌上摆放糖茶、花生瓜子、糖果、糕点，称为"茶水"。迎亲队伍吃罢"茶水"，即在宅外燃放鞭炮，称为"催上轿"。现时哭嫁习俗多已消亡，新娘出门前，母亲叮嘱女儿到婆家守规矩，新娘逐一告辞长辈，感谢父母养育之恩。上车前，新娘要换鞋子，意为不把娘家财气带到婆家去。新娘由闺中女友、兄弟姐妹陪送到婆家，送嫁亦称"做新客"。迎亲车队返回男方家时，男方燃放鞭炮以示迎接。"新客"、"老客"由男方迎接入宅，亦以"茶水"招待。女家发妆后，开始排酒席，新郎由介绍人和伴郎客相伴进门入席，先喝"茶水"，后开酒席。席间由岳母陪伴新郎拜见长辈，长辈们开销见面礼，此俗称"轿前会"。

拜堂成亲　拜堂成亲即结婚仪式。1985年后，结婚仪式趋简单。由原先拜天地、拜祖宗、拜高堂等习俗改由新郎从轿车里携出新娘，双双挽手进洞房，自己以照相、摄制录像等。酒席散后，新娘须按辈分给长辈礼物，俗称"分妆"以示尊重。妆品有被子、衣料、毛巾等细软之物。

> 迎新娘

婚　宴　农村多请厨师在家中办婚宴，城镇一般在宾馆、饭店，也有在节假日借用单位、学校食堂办婚宴的。新人双双在宴席主办地门前恭候来宾。近年城镇家庭逐渐盛行在宴席之前举行婚礼仪式，一般由男方宾客主持，请主婚人、新人及家人讲话，新郎新娘向父母、来宾鞠躬致意，新郎新娘互赠信物，多为戒指之类饰物，然后，新郎新娘喝交杯酒，也有开香槟酒、切大蛋糕的。考究的请婚庆公司操办，程序更趋规范，且有乐队伴奏，十分热闹。仪式结束后，酒宴开始。席间，新娘由婆婆引荐男方长辈，长辈给新娘红包，称“叫钿”（即见面钱）。东乡有些地方，男方长辈事先将“叫钿”交给女方公婆，免得席间塞“红包”不雅观。新人要逐桌向来宾敬酒，一般新娘敬酒，新郎斟酒，先敬长辈，再敬客人。点烟多用长棒火柴不用打火机，火柴划着后通常要被宾客吹灭数次方罢休，也有宾客将糖或水果（削成小块）等食品悬于线上，让新人嘴对嘴啃吃，引来一片欢笑声，助推现场气氛达高潮。

婚宴规模少则十几桌，多则五六十桌不等。菜肴也由20世纪70年代的“老八样”变成全鸡全鸭十六炒、八冷盆，档次逐年提高，河蟹、甲鱼必不可少。宴席价格（每桌）由90年代初的五六百元升至现时的千元以上。整个迎亲、婚礼过程流行拍照或录像，做成DVD作永久留念。婚礼间新郎、新娘穿着考究。新郎多穿西装、系领带；新娘穿白色婚纱。席间，新娘换下婚纱，换成礼服或中装，有的其间要换几套服装。婚宴后，小夫妻入洞房，有些地方还保留着“闹新房”的习惯。

闹新房　奉贤部分地区至今仍有新婚之夜闹新房（吵新房）习俗。内容除传统的老节目外，还增添不少新节目：有新郎新娘唱歌、合吃一个苹果、新娘替新郎点烟、接吻等。过后，“逼”新娘拿出糖果、甘蔗之类分给闹新房者。宾客们同时赠予“早生贵子”等吉利话。整个新房充满甜甜蜜蜜、热热闹闹的气氛。

回　门　结婚第二天，夫妻双双回娘家，奉贤地区习惯称回门。90年代前，由女方请回门酒，近年，出现男女家合办酒宴并增多。回门当天，新郎、新娘要早早回家，绝不能过天黑。旧时，传说新娘子

> 农村婚嫁

天黑回来，婆婆要瞎眼。此俗至今流传甚广。

满　月　刚结婚新娘子不能住娘家，须举行满月仪式后方可住夜。满月一般择在婚后三四天内，由娘家哥弟侄辈邀请，俗称“邀满月”。新郎、新娘携带烟、酒、鱼、肉和圆子、馒头、粽子等礼品看望娘家长辈。新郎当天回家，新娘即在娘家小住。2000年后，满月当天，新婚夫妻多数双双回家，满月后，即整个结婚习俗完毕。

银婚、金婚纪念日　90年代后期，开始流行结婚纪念日，其中结婚25周年的银婚和50周年的金婚尤其受到重视。纪念日当天，主人宴请来客，夫妻双方接受子孙和亲友们的祝贺。晚辈要按辈分的高低先后为老人敬酒。亲朋好友、左邻右舍也会携礼祝贺。

[三] 寿诞礼俗

1. 传统寿礼

奉贤寿诞有做生日与做寿之分。凡40岁以下者庆贺其生日均称做生日；40岁以上，逢“十”才称做寿。因旧时传说人“本寿”为36岁，30岁未足本寿，而40岁的“4”字又与“死”字谐音，故三四十岁忌做生日。做寿一般于50岁始，逢十做寿（实际逢“九”做寿，遂有“做九不做十”之说，即提早一年，又称“做九”）。过去穷人家不做寿，富家寿庆张灯结彩，悬挂寿星、寿幛、寿联，设寿宴，吃长寿面。

做寿一般由子女或亲戚商议决定，由寿翁或寿婆亲自发起的极少。做寿时，寿礼分干礼和湿礼两种，干礼指钞票；湿礼有烛、面、酒、肉、鸡、蛋和寿轴等。收礼时要退回一点，谓之“回根礼”。寿日不宜宰鸡，故原鸡退回。

> 传统寿礼

做寿时，拜寿仪式隆重。寿堂张灯结彩，悬挂金色“寿”字、寿星图、寿轴和上书“福如东海，寿比南山”的对联。厅中点烛供果。寿翁坐太师椅，男左女右，子女和亲戚中的小辈依次磕头礼拜。平辈亲戚和弟兄一般不磕拜，仅作揖致贺。长辈极少为小辈祝寿的，当然，长辈去寿宴上饮酒吃饭并不禁忌。

拜寿者已婚，必须成双拜，旧俗为祝寿必须夫妻同行。礼毕，吃寿面，奉贤地区习俗以盖浇面为多，即以肉丁、蛋块、豆腐干丁、毛豆、茭白丁、黑木耳等为料，烹炒后，做浇头。主人不分亲疏，将寿面分送邻里。晚上喝“寿酒”，有钱人家配有专司烧水沏茶的，有专司烹调做菜的，排场很大。有些富户甚至还搭台演戏，挥霍数日。

旧有“有铜钿人三十岁‘老’，无铜钿人六十岁叫苦恼”之说，指富人刚满30岁就借做寿为乐，而穷人即使到60岁也无力庆贺。家道小康者，虽也做寿，但酒席从简。

2. 现代寿礼

解放后，摆排场做寿者很少。2000年后，一般由小辈买蛋糕、寿面、菜肴欢聚一餐，向长辈表示敬意，拍摄“全家福”照片留作纪念。另在退休时，摆上几桌，亲朋好友聚会，庆贺60寿辰者相当普遍。当66岁生日时，由出嫁女儿（或媳妇）烧66块红烧肉孝敬老人。谚云“六十六，阎罗大王要吃肉”谓让老人吃肉后可免阎罗王记挂，延年益寿。

生日派对　20世纪90年代中后期开始流行生日派对。一些年轻人和儿童在过生日时，一般会请朋友和同学聚会庆贺，热闹一番，以减轻工作和学习的压力，增进同事和同学间的友情。过生日切蛋糕，点生日蜡烛已较为普遍，送生日贺卡主要在青少年中流行。

点　歌　20世纪90年代开始流行向电台或电视台点歌，每个电台或电视台都有一个或多个点歌节目。听众主要通过打电话和写信点歌，对家人、朋友生日或喜庆事表示祝贺，后随着信息化发展，又开始流行通过手机短信和网络点歌。

做　寿　现今做寿风俗仍存，一般在其50岁、60岁、70岁、80岁等生日举行。以往做寿规矩较多，但现在已不盛行，仪式也比较简单，一般为全家聚餐，一起吃寿面，子女要备蛋糕和礼物。有的人家为图吉利，做寿当天主动分寿面给左邻右舍。

[四] 丧葬礼俗

1. 传统葬俗

奉贤地区丧葬习俗大体上可分为送终、整容、入殓、戴孝、做七、设灵台、哭丧、落葬等几个部分。

病人病危，子女守候在病榻前（在外子女须火速赶回），一面尽力抢救，一面听取病人遗嘱。若人故世时，家人无一在身边，被视为大逆。旧时，病人断气后即舀碗清水摆在大门槛内，谓之“阎魂汤”。死者衣被须烧掉，称“少床衣”。将尸体稍事揩洗，换上干净内衣裤，然后将尸体搁在客厅门板铺上，称“移尸中堂”。尸体头南脚北，在死者的脚旁点上一盏油灯，谓之为“照冥路”，另在死者头边置荷包蛋一只，谓之“倒头羹饭”。富户死人后，去城隍庙烧香，称“普堂”，然后四出报丧。

接下来是为死者整容理发和剪指甲。若男子，则请剃头师傅剃前不剃后，取意“后发”；若女性，则女儿为亡母梳发，有些地方有念唱“梳头经”之俗，大凡以“黄杨木梳像月弯，弯弯木梳搭侃亲娘梳白发”为起头，再念些母亲的功德，痛悼亡母之情等语。而后为死者穿衣，着衣裳时，先由子女或孙辈在殓服上咬上牙印，并用秤象征性地称衣服重量，意为免遭野鬼抢走。寿衣领头5领或7领，成单不成双：男戴礼帽，女戴冠或丝绒帽等。裤子只穿一条，鞋与袜各穿一双。

整容后入殓，入棺由长子抱头，次子抱脚，三子或四子抱腰。如无子嗣，由侄子及妻、女代替。入棺后，当天不得封紧棺盖，由长子拿缠有白布的钉子，请钉棺盖，俗称“子孙钉”，“钉”与“金”谐音，有传宗接代，子孙发达之意，三朝日，方将棺盖封紧。奉贤东部地区

当日盖棺。人死异地，尸体不得从大门进入客堂，而由儿子从后窗背尸而入，入棺埋葬。

戴孝举哀，称“开白”。旧时，孝服一般按“五服”规矩。所谓五服，就是以亲疏为差等的丧服制度，有斩衰、齐衰、大功、小功、缌麻五种名称，统称“五服”。但除士绅阶层外，一般市民不十分严格，且对“五服”之间的各类孝服也不太明了，故一般为父母亡，子披麻戴重孝，身穿白长衫，腰系稻草绳；夫亡，妻戴重孝，全身穿白，布上扎麻，头戴白花，脚穿白鞋，而妻亡，夫不戴孝，也有个别地方戴轻孝，说明当时妇女地位低下。亲戚和小辈均戴轻孝，斜挂或腰束白布带，扎头布长于腰带；长辈不戴孝；长孙、长侄和儿子均戴重孝。丧家发孝布，孝布长短按辈分发放。富户老人亡故，亲戚均戴孝，有路过者自愿送丧的，也发给一条白腰带。初丧期不及赶制孝鞋，以旧鞋缝一半白布穿上。女婿不能穿白鞋回家，要在半路上用青草汁把鞋染成绿色。至百日直系亲属脱孝。

人死后，每七天为一个“七”，自“头七”至“七七”，逢“七”悼念。“五七”最为隆重，旧俗须请道士念经，超度亡灵。其余“七”期，家人供菜祭祀。“七七”又称“终七”、“断七”，至亲可脱孝。

在丧葬旧俗中，还设有灵台，灵台又称“太平台”，置于客堂西北角，供神主牌位。每日由家人供奉斋饭，称为“家祭”，至“百日”撤去，长者可达三周年。

死了人要“哭丧”，旧时哭丧要有腔有调地唱，称“哭丧歌”。人刚死，哭“断气经”；着衣哭“着衣经”；梳头哭“梳头经”；入棺哭“寿材经”；出棺哭“出材经”；烧床哭“床祀经”，名目繁多，均由女儿和媳妇哭。哭诉者一般诉述死者生前所受的苦难与自己的痛惜之情，同时也诉说心中的委屈与生活中的不幸，甚至借哭亲人的机会，咒骂冤家对头。

接下来便是落葬。旧时葬期无定，贫者棺薄而葬速，富者棺厚而葬迟。对长者以示孝敬，一般在家停放35天，最长者可达10年。旧时，筑坟墓之前，必请风水先生看墓地，丧家若有墓地，大多入殓后立即葬掉；若无，就须觅“风水宝地”，故有停棺多年不葬者。光绪

《重修奉贤区志》记载："丧纪，虽士大夫家，必用僧道及接煞、转七、六十日、百日之俗礼，治葬拘牵风水，有停棺数十年不葬者。"穷人用稻草包扎棺材停田野，或将尸体葬入泥灰坛中。富裕人家用砖瓦砌廊，纳棺于中；有的用砖砌空穴，棺置空穴中，上覆泥土，垒成坟墓。佛教徒师太或方丈死后，多数坐花缸内焚化。崇明籍人流行劈棺改葬习俗，三年后将棺劈开拣出尸骨，按全身部位顺序置入长形甏中，再将甏入土，谓之"接骨头"，又称"甏葬"。

2. 现代葬俗

解放后，除了个别地方外旧俗自然消亡，大力提倡火葬。根据有关史料，在明代，松江地区（当时本区属松江府）已有火葬。清乾隆《奉贤县志》记载当时奉贤也有"甚有因拘忌而竟至不克葬者，至用火化，尤为可悯"之事。1977年全部实行火葬。火葬之日，一般举行向死者遗体告别仪式，亲友送挽轴、花圈或绸缎被面，寄托哀思。传统的送终、戴孝、着衣裳、做七等民俗也有一定的变化。1995年后，丧家将骨灰盒移至滨海古园、永福陵园、安息堂等安葬，一改过去在村公墓地、路边埋葬的旧习俗。

吊 丧 20世纪80年代始，丧葬习俗逐渐简化，送终及报丧习俗依然沿袭。病人临终时，子女都应赶到，与死者见最后一面，称送终。病人去世后，亲人向亲戚报丧，现用电话报丧者居多。

守 灵 病人去世后，农村中多将遗体从医院运回家中厅内，床头点香烛，不使其灭，直至出殡。亲属日夜守望，谓之守灵。城镇中大多通知殡仪馆运尸车直接从医院接去冷藏。家中设灵台，放遗像，供水果糕点、饭菜、点香烛。火葬后，骨灰盒多供在灵台上，撤去灵台后一般搁置在堂屋壁角。也有不少人将骨灰盒寄放在殡仪馆内，在落葬时取出。守灵当日，少数丧家会请吹打班吹打，以示对死者的尊重和悼念。农村中，人死后子女、小辈、亲属均要戴孝。戴孝多用白布，由丧家准备。孝布长短，按辈分发放，儿女孝布最长。有些地方，儿子披麻戴孝，儿子除长白布外，腰间扎草绳，以示披麻。

出 殡 实行火葬，一般在死者去世后第二天进行，近年为方便吊丧者参加，会挑选一个大家能来的日子，一般在死者逝世后三五天

内举行。是日，在殡仪馆举行简短的追悼会。出殡当天，丧家备饭菜招待吊丧者，谓之“吃豆腐饭”。20世纪80年代一般是烧几个菜，90年代丧事酒席日渐丰盛，酒席上有冷盆、热炒，豆制品是不能缺的。死者如是高寿，把丧事当作喜事办。旧时“烧床衣”、“擦身”、“送行衣”等习俗仍沿袭着。

哭 丧 旧时，在丧期内有哭丧习俗。哭有三类：有声无泪为号；有声有泪为哭；无声有泪为泣。号者出于场面礼节，哭者发自内心悲伤，泣者系于血肉同胞。旧有当断气时哭“断气经”，梳头时哭“梳头经”，烧床基时哭“床祀经”，出棺时哭“出棺经”等习俗，70年代，此俗已基本淘汰。2000年后，出现请人代哭新俗。代哭者多为当地熟悉农村习俗又具表演特长的中年妇女，根据丧家要求，能哭出各种内容和腔调，凄惨场面俱增。

斋 饭 丧事用餐称斋饭，俗称“豆腐饭”。每餐第一道菜必是豆腐汤、豆腐羹之类，其他菜肴亦以简单的素菜为主。1985年后，丧事用餐愈办愈高档。除保留豆腐菜外，以荤菜为主，有荤盆、热炒、大菜、酒、饮料等。

做 七 死后第七天为第一个“七”，“头七”到“断七”共49天。逢“七”那天，供饭菜、点香烛、化纸锭。“五七”比较隆重，做“五七”前通知亲戚，在“五七”那天，除供奉饭菜、点香烛、化纸锭外，还再次设酒席招待亲戚朋友。如有初葬时未能参加追悼的，则在“五七”这天补送丧仪。90年代起，丧事讲究排场，信奉道教的丧家请道士若干，为亡灵诵经做道场；信奉耶稣教的请来圣乐队热闹一番；喜好江南丝竹的邀来清音班，吹拉弹唱。斋饭桌数多至五六十桌。

近年来，农村少数丧家扎各种纸房子、纸电器、纸汽车烧给死者，以供死者地下使用。现时，亦有不做“五七”做“三七”者。“断七”，则可撤去灵台，也有在“五七”或“三七”时即撤掉的。满七后，还有六十天、百日、周年等祭祀日。

落 葬 一般在死者周年、清明前后、冬至日，丧家将骨灰盒放入墓地，称为“落葬”。20世纪80年代起奉新镇（今海湾旅游区）在海边建立寝园。葬家多买墓地，立碑安葬。农村则大多安葬在集镇指定的公墓地。落葬之日，选涨潮时安葬，以期后辈涨发。安葬时放鞭炮，由长子抱骨灰盒放入墓穴。大多在墓前供饭菜水果、焚烧纸钱，子孙辈行礼或叩首。

[五] 社交礼仪

1. 亲属称谓

奉贤虽处滨海之地，却为礼义之邦，民间称谓颇为讲究，兹按长辈、平辈、晚辈三类记之。

长 辈 有高祖父母，曾祖父母，祖父母、伯祖父母、叔祖父母、外祖父母，父母、岳父母、公公婆婆、伯父母、叔父母、舅父母、姑夫母、姨夫母等。高祖父母指中间隔三代的亲属，称老太太。曾祖父母指中间隔二代的亲属，均称太太，有时冠以男、女称呼，以示区别。祖父母指父亲的父母亲，祖父称大大、阿大、爷爷，祖母称奶奶、阿奶。伯祖父母、叔祖父母指祖父母的兄、嫂，弟、媳，称呼大都同于祖父母，也有称公公、婆婆。外祖父母指母亲的父母亲，称呼大都同于祖父母，也有称外公大大，外婆奶奶或直呼外公、外婆。父母是生养自己的亲属，在家族中血统关系最为嫡亲的层次，父（亲）称爸爸、阿爸，母（亲）称妈妈、阿妈、姆妈。岳父母指妻之父母亲，俗称丈人阿爸、丈母娘，通常随妻子称之，也有称呼爹爹、姆妈。公公婆婆指丈夫的父母亲，俗称公公、婆婆，通常随丈夫称之，也有称爹爹，姆妈。伯父母指父之兄、嫂，称伯伯、老伯，姆妈、老妈、婶妈。叔父母指父之弟、媳，称叔叔、阿叔，娘娘、婶娘。舅父母指母之兄、嫂、弟、媳，男称舅舅、娘舅，女称舅妈。姑夫母指父之姐夫、妹夫，姐姐、妹妹，男称姑夫、夫夫，女称姑妈、姆妈、娘娘。姨夫母指母之姐夫、妹夫，姐姐、妹妹，男称姨夫、夫夫，女称姨母、姆妈、娘娘。

民间历有认过寄亲习俗，称寄父、寄母为寄爹、寄妈或过寄爷、过寄娘。因师从某种技术（手艺）认的师傅，称师父，其妻称师母、师娘。另有继父、继母之称呼。

平　辈　有同父母兄弟姐妹、堂兄弟姐妹、姑表兄弟姐妹、姨表兄弟姐妹，夫妻，堂嫂媳，姑姐、夫，姑妹、夫，舅兄、嫂，舅弟、媳，姨姐、夫，姨妹、夫，连襟，妯娌等。一般以年岁次第称谓：兄，称哥哥、阿哥、大佬官；弟，称弟弟、阿弟、小弟；姐，称姐姐、阿姐、大姐；妹，称妹妹、阿妹、小妹；有时冠上名字称呼，以示区别。夫妻互称老公、男人，老婆、娘子，或直呼其名。其中，堂嫂媳指与自己成堂兄弟的妻子，连襟指与妻成姐妹关系丈夫之互称或合称，妯娌指与夫成兄弟关系妻子之互称或合称，上列平辈以男方或女方排行论称谓。

晚　辈　有儿子、女儿、媳妇、女婿，侄子、侄女、侄媳、侄女夫，外甥子、外甥女、外甥媳、外甥夫，内侄子、内侄女、内侄媳、内侄女夫；孙子、孙女、孙媳、孙女夫，侄孙子、侄孙女、侄孙媳、侄孙女夫等。长辈对晚辈通常以直呼其名为多，亦有称弟妹者。

以下是当地方言中的人际关系称谓：

八姆道里——妯娌之间

小长——小辈、后代

长头伲子、大头伲子——长子

后生家——青年人

过房伲子——干儿子

我呢、阿伲、拿——我们

杜婿——后嗣

阿奶——祖母

大大——祖父

五喏、伲、唔——我

奶末头——最后一个儿子或女儿

囡——女儿

伲子——儿子

杜杜——姑母

男团头——男孩

阿妈——母亲

阿五、杜老官——哥哥

侬——你

讨头伲子——入赘儿子

屋里厢人——妻子

道伙道里——同伴之间

阿爸——父亲

娜——你们

潮头团——少年男孩

脆花姐——爱哭的女孩子

新客人——新郎

2. 礼仪交往

奉贤民间彼此往来崇尚礼仪，相逢于途，互问近好；告辞时，互问走好、再见；婚丧喜事，相庆相悼：左邻右舍，相敬相助；客来让坐、敬烟、待茶，客去馈赠礼品；途遇挑担者主动让路，给上坡车（劳动车之类）扶助等；同伴出门，先宾后主，先长后幼，先女后男；狭路相逢，少让老，大让小，男让女，健康人让残疾人；人、车互让，大车让小车，货车让客车；大船让小船，空船让重船；家有时鲜小吃，分赠亲友邻居品尝。有生病住院者，亲朋邻居前去探望，俗称“望生病”。80年代以送水果、糕点为主，90年代流行送现金，2000年后时尚送鲜花等。

肆 信仰民俗

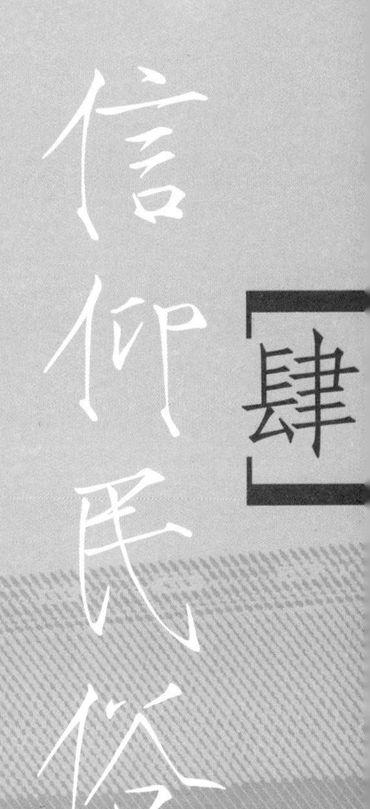

[一] 传统民间信仰

1. 迎神赛会

旧时，庙会是奉贤地区民间信仰的形式之一。各地庙会都有特定的信奉偶象，有的供观音，有的供关公，有的供城隍，有的供孟将，以祈求保佑“风调雨顺”、“阖境太平”。各地庙会有固定日期，柘林是农历二月十九，高桥是阴历四月十五，道院为农历八月十五，新寺和三官塘（今光明集镇）是八月十八，泰日和胡桥为八月二十四，奉城是九月初二，法华为九月十五，钱桥是九月初九，金汇为九月十九，萧塘和梁典、分水墩是十月初一，周家弄为十月初八，青村港是十月十四，齐贤是十月二十四，头桥为十月二十八。邬桥、南桥曾办过庙会，但没有形成习俗。其中，柘林的小普陀庙会和齐贤的白沙庙会最盛。庙会俗称“老爷出会”。除观音外，其余菩萨、老爷都得出巡。出会前，地方士绅先在庙内聚餐，商议出巡路线。所经之处，事前要打扫干净，并用松枝熏蒸，去除污秽。出巡仪式极其隆重，将菩萨或老爷接至特制的彩轿上，四角挂红灯，轿后撑一顶绣花黄罗伞，香客在庙内磕过头后，随即排送启程。所经之处，各店铺，各宅院须鸣高升迎接。出巡队伍头道是硬牌执事，牌书“迴避”、“肃静”。夜叉队（俗称“跑小鬼”）、鬼保正、保正娘子、鬼当差，各穿“鬼服”依次前行。男扮女装的保正娘子扭着丑态，夜叉队手持钢叉，绕着“8”字形漫游串跑；二道为旗张班，有五行旗、八仙旗、天干旗、生肖旗、星宿旗、地煞旗、罗汉旗、天罡旗等共73面；三道为拜香班，各人手持三角小黄旗，左手夹拜香凳，五步一弯腰，十步一跪拜，边唱颂歌边前进；四道是托香班，在整个出巡队伍中最见功夫。托香者以细钢钩扣在手臂上，下挂钢牌，每到一处，下悬香炉、蜡台、花盆、小石狮、小石臼及古董玩器，重2至5公斤，有单托和双托，按“8”字形缓步行进；五道是卖盐社班，男扮女装者，各挑一对花篮，按“8”字形来回起舞，打莲湘班在其后也边唱边舞；而后是踏高跷队、荡湖船、舞龙灯、蚌壳舞等。第六道是銮驾班，“武士”们手执十八般武器随队而行。最后第七道是清音班，演奏民间乐曲前行。群众尾随其后，长达数里。每到一处，抬轿者把菩萨或老爷迅速抬入“厂内”(临时搭建的廊棚)，俗称“抢轿”。随即上祭菜（全猪、全羊、全鸡、全鸭、供品、糕点、瓜果），善男信女烧香许愿，求神保佑。跪拜后，都要“抛香钱”，以祈“消灾降福”。

庙会在抗日战争前相当活跃，沦陷期间不再举行。抗战胜利后又兴起。解放初期仍举行，后逐渐演化成城乡物资交流会。近年随着物资日益丰富，利用原有庙会固定日期举办的物资交流会，也逐渐淡出了人们的视线。

2. 祖先崇拜

昔时，祖辈建造房屋时，特制作“家堂”一个，形似一间小房，用料好的“家堂”将雕刻花板作装饰。“家堂”依壁钉置在正屋客厅（农村中称客堂）东北角上方，将已故亲人的“神主牌”（即灵牌）请入“家堂”内供奉。极少数殷实富户不置家堂，由宗族另建房屋，专供停放棺柩与神主牌位，此屋称为“祠堂”。凡有长辈等亲人离世，晚辈等穿白戴孝，叩头礼拜，痛哭致哀，大殓后，将棺柩停放在野外，富户建瓦棚遮盖，贫者用稻草包裹，嗣后每年清明节更换新装，直至安葬入土。大殓之日，在家内设灵台，供奉神主牌位（神主牌位写的是“先……神王灵位”，待安葬时，在“王”字上用朱红色加点成“主”字），待一周年或三周年撤除灵台，将神主牌供奉在“家堂”内，并放些碎银子或小铜钿，以慰祖灵享用。

以后每年逢亲人逝世忌日悼祭外，不忘祖先亲恩，每年的清明、夏至、七月半、十月朝（十月初一）、冬至、除夕，家家户户均行祭拜，在厅堂正中设酒席饭菜，焚香点烛，叩头礼拜祖先，并焚化纸钱、锡箔。如已安葬，在逝世周年日、清明、冬至，晚辈们还前往墓地祭祀，体现生死两者亲缘不离、各各相安。奉贤民间岁时祭祀祖先世代相沿，至今不衰。

奉贤民间如家中有结婚喜事、增添人口、造房进宅等等重大事情办理之前，先要敬奉祖先，设酒菜，焚香点烛，叩头礼拜，焚化纸钱锡箔，通知祖先，以期祖先祝吉护佑，阴阳两者，各安各喜。

平时在谈论什么事情时，常会思念祖先，常会说起先曾祖父母、先祖父母、先父母等祖先的形象、性格、经历与从事的行业，并赞颂祖先如何艰苦创业、辛勤劳动，生前如何对晚辈的培养教诲等。家中增添人口，为尊崇祖先，为新生婴儿起名时，不与祖先、长辈名字同字或者同音，也不与同族祖先同名。平时怀念祖先时，不会言出不敬，不呼祖先名字。有的人家家中长期珍藏祖先遗像，有的甚至悬挂在墙，以便经常缅怀祖先音容。

3. 当地民俗神崇拜

奉贤民间流行祭祀民俗神，这些民俗神多是对地方平安起过重要作用的历史人物，解放前有不少这样的小庙、祠堂。主要有：

善应庵　俗称“戚岗横庙”，称其为“横庙”是因为它与其他庙宇不同，山门面向西。此庙供奉的是抗倭名将戚继光。因为戚继光曾在此休养生息，而后又去杭州一带抗倭，奉贤当地人民期盼戚继光早日归来，故将大门向西开启。另外，在此庙一公里处另建造戚家祠堂，供奉戚继光夫妇神像。

善应庵建造年代无法考察，位于金汇镇继光村五组，泽泾东畔，庙右侧植银杏树4株，内有观音大士、施全老师和十殿阎王。整个庙宇是个四合院，前有山门，左有厨房、住房，右有施公殿，后为大殿供奉观音菩萨，整个善应庵的面积有三亩地。

解放前夕，庵中有尼姑5人，其中一老尼除吃素念佛外，还替附近百姓免费治病，尤其擅长诊治小儿疾病，深受百姓称颂。

每逢农历三月二十八为庙会，搭台唱戏，卖家聚至，香火旺盛。解放后其中三名尼姑还俗，部分庙房分给农民居住，佛像于1950年毁。后善应庵作为继光校舍，1972年庙房拆除，改建成正规校舍。

戚家祠堂　位于今奉贤区金汇镇继光村。明嘉靖年间，倭寇入侵奉贤，抗倭名将戚继光率领戚家军屯兵于此，慑于戚家军的威名，倭寇逃遁。戚继光后又向杭州方向继续抗击倭寇。后戚姓族人在当地建造了戚家祠堂以纪念抗倭名将戚继光，当地村落遂名戚岗。

祠堂坐北朝南，共有5间瓦房，中间一间供有戚继光夫妇神像，每逢清明、十月初二、除夕等特殊日子，戚姓族人都会举行祭祀仪式。

1984年该祠拆建成民房。

黄道庵　位于今奉贤区肖塘乡刘港村内，在柘沥港西，是为纪念纺织先贤黄道婆而造，附近村落俗称“黄道庵头”。今尚存一株当年的古银杏树。

4. 避邪与禁忌

历史上奉贤民间的禁忌是很多的，在婚丧喜庆、岁时礼节、物质生产、服饰饮食等诸多方面，都有不少共同的约定。

在婚俗方面：禁忌同姓婚姻，认为同姓结婚，对后代的健康不利。又忌讳社会地位、贫富境况差别大的家庭通婚，即所谓要“门当户对”。在年龄上，忌讳男女双方相差过大，有“娶少妻、生闲气”的说法；又忌讳男大三、六、九岁，以为有冲、克、害。嫁娶时，嫁妆必备“马桶”，但禁忌空桶，桶内须安放红蛋、车接子、红纸包（即钱币），也忌称“马桶”，因方言“马”与“墓”同音，不吉利，改称“子孙桶”，取子嗣兴旺之义。发嫁妆时，男方取嫁妆的人禁忌跨入女家门槛内；行嫁妆时忌称“扛”，要说“涨”，预示男女方两家以后都能兴旺；在途中禁忌把嫁妆停放在地上，以为会对新娘不利。新娘出嫁上轿前（现行轿车）须换新鞋，否则，认为会把娘家的财气带走，于娘家不利。

在丧事方面：病人断气后要擦身换衣，忌不浴出房，又忌碰撞门框；家人穿戴长白孝布忌入邻居家；哭丧时禁眼泪滴在尸体身上；死者忌穿双数衣服，裤带要用纱线编织的“路路通”带，忌用其他带子。初丧时亲属鞋上缝罩的白色孝布，忌用手撕掉。子女在“七七四十九天”内的服丧期中，禁洗头、理发，百天内忌穿红装彩服。亲戚送丧礼人情忌送双数钱，并忌用红纸包，如死者年龄大，可用红纸反包。开挖墓穴忌称“坑”要称“金井”，落葬前金井要鸣锣守望，禁忌“冷墓”。

生儿育女方面：孕妇忌食兔肉，以免胎儿出现兔唇。为避免胎儿绕脐生，孕妇临产前四个月忌纺棉纱或理纱线或结绒线；还禁手对手授受食盐，犯禁后会遇难产，俗称“讨盐生”。禁忌在娘家分娩，故民间有“借丧不借喜”的俗语。婴儿降生时，家中禁忌动锁钥、麻袋、秤杆。忌男性入产房，如犯忌，婴儿会难产、患麻脸、长不大，“养煞十八斤”。分娩后，家中忌开油锅，禁刮锅、劈柴、钉钉子，否则于母子不利。儿童忌吃雄鸡爪子，说以后写字如“鸡脚爪”，写不好字。又禁吃鱼籽，免得数不清数，认不清字。还忌看杀鸡杀鸭杀猪，以免长大后遇事会面红耳赤。儿童禁在屋内撑伞，否则会长不高。

生产劳作方面：每月初一、十五为敬神日，禁挑粪浇田，认为犯禁会触犯神，会招不利。闰年忌种树，以为闰年为不祥之年，树木长不高。韭菜是常长常割的菜蔬，闰年禁种韭菜，否则对家中人健康不利。插秧时，忌手对手传递稻秧，犯忌会“接秧疯”。平时忌把未清洗的粪桶停放在他人家或自家大门口。造房上梁时，木匠工具忌讲斧头，因“斧”与“火”同音，会遭火灾，要称“开山”，意有“开山得宝”，家道兴旺。男人用的扁担禁女人跨、坐，如犯忌，男人要生“扁担疮”。俗信认为石头可镇鬼压邪，有禳解灾难之作用，故宅基上禁忌随便搬动乱放石头。宅基周围又禁往地下打杉木桩。果树或瓜藤上刚结的小果子忌用手指点，否则很难长大成果。

人生礼仪方面：晚辈忌直呼祖先和长辈的姓名，更不能叫乳名，所谓“子不言父名，徒不言师讳”。上门做客，须先轻敲门，忌不打招呼而入内。“客不观仓、客不观灶”，故忌东张西望，忌乱翻乱找。家有客人在，忌打骂孩子。忌在他人家中号啕大哭，给他人带来不祥。夫妻双双回娘家或在亲戚家过夜，忌同床睡。亲朋生病，忌日落后或晚上去探望，以为晚上阴气重，会对病人不利。禁中药渣倒撒在邻居家门口处。“地怕走斜道、人怕起绰号”，故成年人忌讳别人给自己起外号、绰号。民间还忌讳说杠、痒、督、十三、八五等；对女性忌说野鸡、小娘、婊子、堂客；对男性忌说乌龟、猪猡、绿帽子，否则视为骂人。给孩子起名字，忌与祖先、长辈之名同字、同音。人到60岁，忌向人借债；人到70岁，忌在亲戚家过夜，意思是60岁后劳力衰退收入减少而无偿还能力，70岁后身体衰弱在外过夜恐有不测。

日常生活方面：衣服破了或纽扣掉了，忌穿在身上缝补，否则外出要遭狗盯咬。饭前饭后，忌用筷子敲空碗，以为会引来“穷气”。忌把筷子插在米饭上，因为敬野鬼神时才这样做的。饭前禁忌一根筷子在桌上，因为人死了敬领路鬼神时是用一根筷子的。出海渔民及在船上劳动者，忌说盛饭，应称馕饭，因为“盛”与“沉”谐音，会引起沉船危险。家中烧灶忌烧茄子萁，以免今后生矮子。灶内又忌烧鸡鸭毛，否则会生疮疖。忌在家中宰鹅，以免以后生呆孩子。家有麻疹患者，大门口贴红纸条，禁戴孝者、经期妇女和陌生人入内，以免影响病人。家中大门口门槛上忌坐、踏、站，更禁在门槛上砍劈东西，以为会得罪门神，招灾破财。搬家，民间有“搬家先搬灶”谚语，以为灶王爷是一家之主宰，故禁忌先搬其他物品，要请灶王爷和餐具先入新居，保证吃住不愁。搬家易丢失东西，“家搬三次家道贫”，故忌称“搬家”，称“搬场”，“场”与“长”同音，指望以后家境宽裕。家中夫妻床忌与橱柜的角相对，避免冲克，与夫妻不利。家内发现蛇，以为是祖先的化身，禁追打。厨房灶前忌啼哭，忌因生气而碰打餐具，否则与家中人不利。放风筝以为可以放掉“晦气”，故禁忌断线风筝跌落在房屋上或庭院内，否则认为是不祥征兆。禁忌两把扫帚放在一起，以为恶气加重，于家不利。又忌用扫场地的扫帚在屋内打扫，还忌屋内晚上扫地，以为这样会使家庭失财。农历正月初一和初三，全天禁扫地、向外泼水、倒垃圾，否则以为会财源外流。忌给熟睡之人画花脸，否则会使此人“灵魂不得附体”。今忌。忌入患麻疹者家，否则病者发不出麻痰。故患家大门贴有红纸条，以示警告。正屋、正门忌直对大路、桥梁顶头、河道尾阁、屋山头、石水桥等，旧有“冲要”之说，会带来晦气。

主人不招呼，客人忌入内房；客人走，忌泼水；朋友相逢，忌当面唾沫；忌在客人家里号啕大哭。在朋友家里做客就餐有“六忌”。一忌将食品夹住又放下；二忌挑精拣肥；三忌手握筷子，目光盯着菜肴；四忌用牙撕碎筷上的食品；五忌以筷当牙签；六忌搛食物时滴汤不止。忌在宅前种竹，旧有“开门见竹，号啕大哭”之顺口溜。忌在宅前屋后种柏树。旧时有柏子坟山习俗，盼子孙后代长青碧绿，有出息；反之，植于宅基会带来晦气。忌宅前屋后有死树，一旦发现，立即铲除，旧时有“十年树木，百年树人”之说。死树意为死人，会带来不祥。邻居借蛋忌双数。此俗原委不祥。竹园内砍竹忌双数。此俗原委不祥。孕妇忌在娘家生孩子，会给娘家人坍台，带来晦气。寡妇、孕妇忌进产房，会给产妇、婴儿带来晦气。妇女忌船在桥下通行时过桥，会给船主带来晦气。

[二] 佛教信仰与寺、塔

1. 佛教信仰概况

> 钱桥保境禅寺

佛教传入奉贤地区已有一千二百余年历史。早在860～874年（唐咸通年间），柘林镇已建有方广教寺。940年（五代后晋天福五年），在今南桥镇建有明行教寺。宋代以后，佛教寺庙陆续增多，至清光绪年间，已有寺庙75座。较有影响的寺庙有建于宋代的崇福寺、旃檀禅寺，元代的二严寺、资福寺，明代的万佛阁，清代的圣果寺等。至1946年佛教支会统计，全地区有寺庙一百三十余座，僧尼二百余人。

新中国成立后，佛教寺庵、僧尼逐渐减少。“文化大革命”期间，佛教活动被迫停止，寺庙大多被毁，僧尼四散。90年代，寺庙先后重建和开放，香火渐盛。

2. 佛教寺、塔

唐天宝年间在今柘林镇建有方广教寺。五代吴越王钱镠在今南桥

建安和院，后晋时改建为明行教寺，同时期的还有胡桥的於塔庙。宋代有西渡镇的友梅讲院、金汇镇的旃檀禅寺；元代有志桥镇的二严寺、泰日镇的资福寺、新寺镇的上真道院；明代有奉城镇的万佛阁、钱桥镇的保境寺。清代有洪庙镇的洪福寺、四团镇的圣果寺等。到1931年共有大小寺庙111所。

改革开放以来，奉贤地区的宗教活动场所有了很大恢复和发展，一些场院的规模和设施也有很大提高。如坐落在洪庙镇的洪福寺已是远近闻名的菩提大刹，占地30亩，已故中国佛教协会会长赵朴初曾为该寺方丈，曾在明清时的抗倭斗争中发挥作用的钱桥镇保境寺，自1995年恢复开放以来，已建成颇具规模的一方禅院。

奉贤地区留存的古寺庙，以位于奉城镇的万佛阁为最。万佛阁距今已有六百多年历史，在明洪武年间为防止倭寇入侵，在奉城修筑城墙时对佛阁作了重建。清乾隆年间又重修大殿、万年台、后法堂等。民国期间，又继续进行了扩建。今奉城的古城墙已废圮，而佛阁犹存。1989年万佛阁修葺一新，重新开放。

> 万佛阁

［三］道教信仰与宫观

1. 道教信仰概况

奉贤地区最早的道观为西真道院，建于宋代。元代，道教有较大发展，新寺镇的上真道院、青村镇的冲和道院、胡桥镇的升真道院、萧塘集镇的太兴道院等都建于元代。清末民初以后的道观，以分布在各镇的城隍庙、关帝庙、施相公庙、孟将庙等民间俗神为主，祈能保佑当地风调雨顺、国泰民安、祛灾解难。

新中国成立初，奉贤地区有散居道士近百人，道观八十余座，此后，多数人改行就业，道观也大多因香火冷落而移作他用。1993年上真道院重新开放，多数散居道士又回归道院，道教信众近万人。

2. 道教宫观

坐落于新寺镇东的上真道院，建于元泰定二年（1325），已有六百多年的历史。至明朝末年，道士李元白又重修头门，新建殿阁，渐成。清咸丰十一年（1861）冬，宫观毁于战火。同治六年（1867）当地士人发起募捐重建，分为头门殿、斗母阁、三清殿三埭。几百年来，道院的香火长盛不衰。每年中秋佳节，是上真道院的传统三天庙会，届时商贾云集，举行丰富多彩的民间文艺活动，香客、游客远道而来，形成集市，热闹非凡。“文革”期间，道院被其他单位占用，1993年宫观修葺一新，恢复开放。1996年以来先后翻建三清大殿、斗母大殿、头门殿。

[四] 天主教信仰与教堂

1. 天主教信仰概况

明末天主教传入奉贤地区，于道院正北三里设一教堂，即朱庄天主堂，为奉贤最早的教堂。至清代，县内天主教迅速发展。1666～1905年（清康熙五年至清光绪三十一年），共建大小天主教堂25座。民国时仅建1座，新中国成立后建2座。至1966年，县境内共有天主教堂28座。“文化大革命”期间，大部分教堂被毁。1983年2月起，南桥、青村、泰日、平安、新寺、柘林等地区天主堂相继恢复开放。1987年12月4日，奉贤县天主教爱国会成立。信奉天主教人数逐年增加。

奉贤天主教隶属天主教上海教区。1922～1966年，天主教上海教区设浦南总铎区，南桥天主堂为浦南总铎堂，负责南汇（部分）、奉贤、金山、松江（浦江以南地域）等地教务，下辖胡村、高桥、亭林（属金山县境）3座本堂。3座本堂又分别下辖14个、12个、15个堂口。

2. 主要教堂

(1) 教 堂

南桥天主堂　位于南桥镇新建中路22号，又名南桥圣母无原罪始胎堂，始建于清同治元年（1862），内供圣母无原罪始胎像。教堂建筑融中西风格于一体，堂内两旁是油画及用铅条镶嵌的彩色花玻璃，堂正南有圆塔一座，内藏铜钟，报时时，钟声响彻全镇。1922年，天主教浦南总铎区成立，南桥天主堂升格为总铎区座堂，顾遂初神父任总铎，辖南汇、奉贤、金山三县教务；1928年，建司铎楼院，张怀良神父继承司铎；1943年，张伊耕神父继任。

1868年，于教堂的西厅开设读经班及古文学堂，名若瑟书院，招收天主教徒子女上学；1934年，新校舍落成，马相伯为若瑟书院更名为“耀蝉”（若瑟之谐音）中学，增设初中部；1950年春，中学部与建华中学合并，改名为耀华联中；1950年秋，学校脱离教会，为今奉贤中学前身。

“文化大革命”中，南桥天主堂被移作他用。1983年，南桥天主堂经整修后恢复开放。

青村天主堂 位于青村镇西街100号，又名青村诸圣堂，1883年始建于青村港北，初名顾家天主堂；1903年因堂坍塌，由法籍蒲神父移建至现址，地基由教徒张大全、周雪庆捐赠；1913年建房10间，1917年又建房6间，“文化大革命”中，被当地水产队占用；1990年3月，青村天主堂经修复扩建，恢复开放。

朱庄天主堂 位于新寺镇翁家村6组。又名朱庄若瑟堂，始建于明末。1852年7月，由庄艺堂、朱熙亭等人重建，占地0.09公顷，房屋4间；咸丰十二年（1862），被太平军所毁；同治八年（1869），重建房屋16间；民国元年（1912）建钟楼一座；新中国成立后，宗教活动逐渐减少，“文化大革命”期间，教堂被拆除，仅存钟楼。1994年4月，教堂重建，恢复开放。

泰日天主堂 位于泰日镇明星村6组，又名泰日无原罪始胎堂，始建于1848年，由教徒李友英等捐助，占地0.16公顷，房屋9间。新中国成立后，圣堂及附属房已扩增至16间。“文化大革命”期间，教堂被拆除。1996年该堂易地重建于现址，1997年1月对外开放。

平安天主堂 位于平安镇平禄路89号，又名平安圣家善牧堂；1995年，经批准，天主教上海教区在平安镇建圣堂一座，神父楼一幢，附属房7间。

塘外天主堂 位于塘外镇人民西路，又名塘外圣母圣心堂，创建于1781年7月，有甘肃籍顾神父来大门墩宣讲天主教教义，后由当地唐姓教徒捐献房屋5间并改建为教堂。1919年重建新堂一座，附属房15间，渐成规模；1982年，圣堂及钟楼被拆除；1994年教堂重建并恢复开放。

俞家圣母主保堂 位于奉浦工业开发区。该堂始建于江海镇树园村俞家宅，1998年5月，因开发区建设，移今址。

（2）活动点

东海活动点 位于柘林镇东海村12组，始建于1859年10月，原名垷桥三圣堂，1998年4月重建。

公平活动点　位于胡桥镇公平村4组，原名潘家耶稣升天堂，始建于1865年3月，1993年经整修后恢复开放，有教徒195人。

江海活动点　位于江海镇跃进村9组，始建于清嘉庆十六年（1812），原名网船会伯多禄堂，2000年6月重建后开放。

朝阳活动点　位于头桥镇朝阳村3组，始建于1666年6月，原名李家桥圣母玫瑰堂，是奉贤最早的天主教教堂之一。1993年10月，经整修后恢复开放。

光星活动点　位于泰日镇光星村1组，始建于1888年，原名庄家桥天主堂，1993年2月经整修后开放。

褚家活动点　位于光明镇褚家村1组，始建于1876年9月，1890年重建，原名沈行前安德勒堂，2001年经整修后开放。

[五] 基督教信仰与教堂

1. 基督教信仰概况

1876年（清光绪二年），基督教（又称耶稣教）传入奉贤地区。民国年间基督教发展较快，至1949年，奉贤地区内有大小耶稣堂22所，信徒5246人。“文化大革命”期间，大部分耶稣堂被拆除。至1982年，基督教恢复活动。1986年10月，正式成立奉贤县基督教三自（自治、自养、自传）爱国运动委员会（简称“三自爱国会”）和奉贤县基督教教务委员会。此后基督教发展较快。

2. 主要教堂

基督教传入奉贤后，最早于南桥西街设布道所；光绪三十年（1904），于南桥镇旗杆弄建耶稣堂；1949年，县内共有耶稣堂22所。“文化大革命”中大部分耶稣堂被拆除，“文化大革命”结束后，逐步恢复、易地重建、新建耶稣堂。近年共有开放教堂22座、活动点5个。

南桥耶稣堂　位于江海镇曙光村5组，创建于1876年，始在南桥镇西街设布道所；1904年建堂于南桥镇红旗弄（原旗杆弄），平房20间，先后由牧师沈文蔚、陈维炎主持礼拜（礼拜是一种仪式）；新中国成立后，由童恩贤负责；“文化大革命”期间宗教活动被迫停止；1982年在南桥镇东街原纯阳堂旧址重建南桥耶稣堂；1993年9月，因古华山庄扩建，1999年，因市政建设需要，南桥耶稣堂两次迁移，初迁至育秀路北、气象路东，再迁至今址，2000年6月竣工，其中圣堂面积1550平方米，可容纳1500人同时做礼拜。

南桥耶稣堂每周除周日做礼拜外，还举行周二查经会、祷告会，周三和周五晚上的青年聚会和唱诗班活动；1998年，成立圣乐队，专为教徒丧事服务；1999年底，经奉贤县民政部门批准，建“益人养老院”一所，入院老人近百名。

庄行耶稣堂　位于庄行镇庄北路350号。创建于1920年春，由基督教上海卫理公会派袁宝志、顾宝庆于庄行混堂弄内建真光堂；堂为上下两层，砖木结构，顶有钟楼，为其时奉贤规模最大的一座耶稣堂；先后由程春生、沈文蔚、陈洪生、张明全主持圣工；1965年春，因巨潮港拓宽，真光堂被拆除，仅剩平房5间；1984年恢复宗教活动，1993年9月，易地重建于今址。周日礼拜，周二和周六分别有祷告会和唱诗班活动。近年堂内设“伊甸养老院”一所，入院老人近60名。

奉城耶稣堂　位于奉城镇南街541号（南门港西侧）。1937年，基督教伦敦会的施安甫在奉城镇北街设基督教布道所；抗日战争胜利后，由顾提多牧师接替；1950年，顾提多等在久茂村老白路建耶稣堂，直至“文化大革命”停止宗教活动；1989年在今址建耶稣堂，1990年举行复堂典礼。

平安耶稣堂　位于平安镇红庄村12组。1949年2月，唐大功等人在民安村建堂，共4间平房，信徒不足百人；“文化大革命”中教堂被拆除；1983年5月，经批准移建今址；1994年，扩建圣堂2间。该堂唱诗班由50人组成，配有鼓乐队、管乐队、腰鼓队等，其规模为全县各耶稣堂之最。

四团耶稣堂　位于四团镇西街23号。创建于1938年，原址在四团镇镇东村；“文化大革命”中教堂被拆除；1984年，经批准在镇东村3组重建耶稣堂；1997年下半年，经批准移至今址，将原四团镇礼堂改建为教堂。该堂周日礼拜，并设夜礼拜。

鸿恩耶稣堂　位于洪庙镇洪北村2组。1982年起，洪庙地区的基督教信徒逐年增多；1990年，该地区设活动点一个，信徒四百多人，由奉城耶稣堂负责；1998年7月，经批准建鸿恩耶稣堂。现内设敬老院一所，入院老人50人。

永生耶稣堂　位于西渡镇金光村12组。1949年前，李福生创建萧塘耶稣堂于萧塘镇中街，信徒近百人；60年代耶稣堂停止活动；1982年起，当地信徒租用金光村12组仓库做礼拜；1993年11月成为南桥耶稣堂活动点；1998年10月，经批准在今址建耶稣堂，取名永生堂。周日上午礼拜，设圣工组、唱诗班、财务组、管乐队、探望组、治安组等工作小组。现有敬老院一所，入院老人80人。

三一耶稣堂　位于柘林镇冯桥村10组。1985年，当地沈贤达等信徒利用自家房舍，建立基督教活动点，由南桥耶稣堂负责管理；1995年8月，经批准在今址建三一耶稣堂（意为圣父、圣子、圣灵三位一体）。

金汇耶稣堂　位于金汇镇金星村4组。1986年，基督教在金汇镇金汇村7组建立活动点；1996年，在今址建耶稣堂，周日上午礼拜。内设敬老院一所，入院老人50人。

齐贤耶稣堂　位于齐贤镇百曲村4组。1993年，经批准，由基督教会购百曲小学旧校舍建耶稣堂，占地0.17公顷，建筑面积906平方米，为临时活动点，周日礼拜。

长堤耶稣堂　位于庄行镇长堤村10组。建于1989年9月，1999年10月扩建，登记教徒300人，周日礼拜，周五祷告会、唱诗班活动，负责人戴国寿。

农展耶稣堂　位于平安镇农展村1组。1986年，教会在农展村1组设基督教活动点。1993年3月，经批准建耶稣堂，周日上午礼拜。

朱新耶稣堂　位于洪庙镇朱新村3组。朱新村原有一座耶稣堂，“文化大革命”中被拆除。1984年于今址重建，周日上午礼拜。

恩光耶稣堂　位于泰日镇光星村5组。1997年12月，经批准，由教会买下光星小学旧校舍，改建为耶稣堂，取名恩光耶稣堂。周日上午礼拜，周六唱诗班活动。教堂内设养老院，入院老人40人。

光明耶稣堂 位于光明镇牌楼村8组。建于1991年9月，1994年开放，周日上午礼拜。

青村耶稣堂 位于青村镇钟家村8组。青村镇汪家桥、阮仙桥原各有一座耶稣堂，60年代初，阮仙桥耶稣堂迁至汪家桥与汪家桥耶稣堂合并为一堂，“文化大革命”期间该堂被拆毁，1993年3月，经批准建堂于今址，周日礼拜。

邵厂耶稣堂 位于邵厂镇良民村12组。1994年，教会在该村信徒家中设临时活动点，1996年11月，经批准建堂于今址，周日上午礼拜。

钱桥耶稣堂 位于钱桥镇金王村1组。1990年，教会在周陆村信徒家中设临时活动点，1996年9月，经批准于今址建耶稣堂，周日上午礼拜。内设养老院，入院老人40人。

恩门耶稣堂 位于塘外镇大门村3组。1990年，教会在大门村信徒家中设临时活动点，1996年3月，经批准于今址建耶稣堂，取名恩门耶稣堂。堂内设圣工组、唱诗班、财务组、后勤组、探望组、安全保卫组等工作小组，周日礼拜。

蒙恩耶稣堂 位于头桥镇二桥村7组。1991年，教会在头桥镇一信徒家中设临时活动点，1997年4月，经批准建堂于今址，取名蒙恩耶稣堂。周日上午礼拜。

久茂耶稣堂 位于奉城镇久茂村4组，创建于1950年，“文化大革命”期间被拆除；1989年于原址建耶稣堂；1992年开放。周日上午礼拜。

陆厍耶稣堂 位于泰日镇陆厍村9组。1982年建造，原为南桥耶稣堂的一个活动点，1995年8月，正式注册登记为宗教活动场所。2001年7月，翻建圣堂。周六下午唱诗班活动，周日礼拜。

伍 岁时节日

[一] 传统节俗

1. 春　节

春节是一年四时八节中的第一个节日。旧时从腊月(农历十二月)下旬起至除夕，家家大扫除，称“掸檐尘”。因“尘”与“陈”同音，故又称“掸陈”，寓意掸除“晦气”。人们剪指甲、理发、洗澡、拆洗被褥和擦洗器皿，以示辞旧迎新。

腊月廿三夜，灶上供饴糖、柿饼、糕点和小圆子等供果，点燃香烛祭灶君，祭毕焚纸马，俗称“送灶君”。正月半，再请新灶君入灶，谓之“接灶君”。除夕中午，祭祀祖先。祭毕，祭菜回锅，全家共食。除夕夜，祭祖后，全家聚餐，俗称“吃年夜饭”。吃年夜饭从腊月23日就可举行。解放前，富人过节，穷人“过关”，向亲友借“年朝米”准备年初一开锅。

> 火龙舞

除夕夜，点燃一只脚炉或灶内燃树块，火种不熄，燃至年初一。“火”“富”同音，寓“今年富到明年”，老少围炉，达旦不寝，名为“守岁”。

年初一，从零时开始，点香烛，敬天地，祭祖宗。为添喜气，点鸣纸炮，名“开门炮”。凌晨，农家从水缸内捞起一串除夕浸泡的黄豆验看，共12粒，代表12个月，豆胖雨多，豆瘦雨少，以“预测”每月降雨量。初一用芝麻萁烧饭，取意为“节节高”。早晨喝蜜枣糖茶，或食扁豆红枣汤、年糕、汤圆。全日吃素。来客，主人装“九子盘”（即九样糖果）或以蜜枣糖茶招待，双方拱手互祝“恭喜发财”。孩子穿新衣、戴新帽，至长辈家拜年，长辈给“压岁钿”。上茶馆喝茶，堂倌泡一杯橄榄茶，俗称“元宝茶”。若来乞丐，均给糕团或饭菜。年初一不动刀、不扫地、不淘米、不提水、不泼水、不干活、不食粥、不食汤饭、不讨债、不借钱、不骂人、不打人、不倒垃圾、不倒马桶，取意吉利。晚上早睡，称为“窝米囤”，寓意米粮满仓。

正月初四为“财神”生日，店家燃香点烛，祭桌上面悬挂一条活鲤鱼，寓意“吉庆有鱼”、“跳过龙门交好运”。磕头礼拜、鸣放高升鞭炮，叫做“接财神”。晚上，邀亲友、同行与店员喝酒，称“财神酒”；老板要辞退店员也在此日，故称“卷铺盖生日”。正月初五店家开门营业，这天有“跳春官”之俗，表演者身穿官服，头戴纱帽，挨家登门献演，口里念叨“招财进宝”，又说又唱、又跳又舞，商家为讨吉利，都会有财物施舍。

春节期间，张贴春联年画，象征瑞祥。写春联讲究门第身份，贴年画讲究地方和图案，如贴在水缸上的画鱼，象征年年有鱼（余）；贴在米囤上的画粮食，寓意五谷丰登；客堂上悬挂福禄寿三星图，象征子孙满堂长命富贵。

随着时代的进步过年习俗发生新的变化。20世纪90年代后期起，部分殷实家庭举家上宾馆、饭店吃年夜饭。多子女家庭由成年兄弟姐妹每年轮流作东聚餐过年的方式正悄然兴起，而单位请职工吃年夜饭也逐步盛行。吃完年夜饭，全家人围炉守岁的旧俗渐被收看中央电视台春节文艺晚会所替代。

> 舞龙灯

年终岁末，机关团体、企事业单位以举行座谈会、联欢会、迎春茶话会等方式辞旧迎新，并向职工发放“红包”和慰问品，同时，各级政府关心困难群体，节前慰问，向他们送温暖、献爱心。新年零时，城乡遍放鞭炮、爆竹和烟花，境况远盛于改革开放前。近年又时兴信众于凌晨到附近寺庙烧头香。

拜年方式自20世纪80年代起花样翻新，已不限于上门拜年，更多的是贺卡拜年、电话拜年、鲜花拜年、手机短信拜年、E-mail（伊妹儿）拜年等，BB机留言拜年在手机普及后被弃用。

春节期间，多以看电视、上影剧院、逛商店、进游乐场所、走亲访友、打纸牌、搓麻将为过节内容。2000年后，国家规定春节放假7天，列为“黄金周”，外出旅游度假者日见增多。

农历年初一至年初三，商家关门的传统习俗也在淡化，不少饭店、商店等服务行业照样营业。初四夜“接财神”已不再是生意人的“专利”，普通百姓于子夜时分竞放鞭炮、烟花，祈求财运亨通。随着生活的富裕，过年长辈给晚辈送“压岁钱”，数额越来越大。

2. 立　春

又叫做“打春”。立春日四乡农民还有吃春饼、吃梨之俗，俗以为此日吃梨（无梨以萝卜代之）能消火，防喉痛。

3. 元　宵

农历正月十五为元宵节，又称上元节，俗称“正月半”。元宵节，民间习俗家家户户吃汤团，寓全家团圆。汤团有花包形和稻堆形，寓意粮棉丰收。此夜有“点红灯”之俗。正月十五至二十五，寺、庙、庵悬挂插烛，红灯按次序排列，形似宝塔，有7至11层，每层灯6盏，上端7盏，称“七星灯”，最高者谓“天灯”。此夜常有集合出灯巡游之俗。农家用稻草、芦柴扎成火把，点燃后在自家田里边甩边跑边喊“花了担稻6担，芝麻赤豆要收无数石”，以盼丰收。还将田边芦草点燃，称“点田燃”。妇女尚有“扛三姑娘”之举，即用淘米箩一只，箩上插一根筷子，由几个姑娘“通神”邀请坑三姑娘、田角姑娘、场角姑娘等“三姑娘”，而后询凶吉、卜未来。解放后，此俗式微。80年代，个别乡镇曾举办过元宵灯会，吃元宵之俗仍很普遍。

> 元宵节文艺演出

4. 清　明

清明前一天禁火寒食，吃干粮、喝汽水。清明正日，每家备菜祭祖，外出者必须回家。清明正日上坟，穷人用稻草编扎草囤，富人用麦柴扎成一人多高的麦库，内放纸锭、冥钱和经疏焚化，俗称“烧草囤”。囤上贴有红纸条，写明某人（死者）接收，某人送等字样。上坟供品有青团、鱼肉菜肴等，并要焚化纸锭、冥钱，点香烛。亲友之间在清明节前互赠草囤，表示彼此保持往来。

旧时坟茔散于田间，20世纪60年代改土葬为火化后骨灰置于公墓地，城镇居民祭奠的风俗已从简，一般带上菊花、水果、糕点等去墓地，也趁扫墓之便踏青游春。清明节政府机关、学校等组织祭扫先烈，已成为革命传统教育的重要内容。

5. 立　夏

旧时立夏这天不准孩子坐门槛，以免“疰夏”，有“立夏坐门槛，疰夏困床塌”之说。此日，尝新蚕豆、米苋、苜蓿，孩子们争吃茅针（一种青草，称为“茅针草”，其中白色软芯，味微甜，可食）、梅子和白窝蛋。中午时分，高悬大秤称体重，比试一年的肥瘦，但以称孩子为多。

6. 端　午

农历五月初五端午节，古称天中节。这天，奉贤城乡，几乎家家户户在门口、床前帐钩上悬菖蒲、艾叶、蒜头，小孩佩带装有菖蒲、艾叶、蒜头等物的香袋，以驱病灾。以雄黄酒用艾叶蘸后，洒到阴暗角落、灭菌消毒。午时各家焚白芷和苍术，以避瘟解毒。此日，各镇中药店免费赠送“虎头黄牌”，一种用虎形木模压制成的黄色泥虎，孩子们讨得后挂在胸前玩耍。

旧时，端午习俗主要有以下几种：

吃粽子。粽子形状有三角锥形和四角枕头形两种。传说吃粽子是追祭投江自尽的爱国诗人屈原，也有人因此特裹小粽抛入河中。

吃“五黄”。吃五黄为黄瓜、黄鱼、黄鳝、黄豆芽和雄黄酒。意指“五王”，祛除妖邪之意。小孩不会喝酒，便以雄黄酒在额上写个“王”字，以避生毒疮。

赛龙舟。四方群众云集黄浦江畔观看赛龙舟。

演出《白蛇传》。请戏班演出因剧中有白娘子误饮雄黄酒而显白蛇原形情节的《白蛇传》。

送夏衣。端午前夕，新婚女儿偕丈夫回娘家，携送黄鱼、火腿和枇杷，谓之“送夏礼”。接着，由弟或兄专程给姊或妹送去夏衣、阳伞和草帽，俗称“送夏衣”。

挂“端阳符”。僧侣或寺庙在一定地区按户发给。此时正值麦熟，农家以麦子相谢，故又称“麦符”，俗称“麦符能驱邪”。

7. 七　夕

农历七月初七，相传是牛郎织女鹊桥相会之日，是妇女们向织女乞求智巧，故称“乞巧节”。旧俗，乞求之夜，有的地方捉一只蜘蛛，放在首饰盒中，次日清晨看所结之网是疏或密，或是否圆整，即可预测自己将来是笨还是巧。有的地方还举行“穿针赛巧”活动，以红绿线穿9枚针，先穿完者就算得“巧”。还有在正午时，放一盆水置于阳光下，在水面上轻轻放上一枚绣花针，浮于水面者得“巧”，针影又细又长又光者得“大巧”。

8. 中　元

农历七月十五为“中元节”，俗称“七月半”。流行祭祖，但不必上坟，仅家中祭祀一番就可以了。有的还请亲戚吃饭，称做“吃七月半”。时因庄稼尚未成熟，故菜肴简单，称之“苦恼七月半”。有的地方晚上在路旁摆祭品、焚纸钱，俗称“祭野鬼”。

9. 地藏王生日

吴越地古俗信鬼，俗以为农历七月是“鬼月”。民间传说，七月间，地藏王菩萨开放鬼门，让阴间的鬼魂出来放风，到七月三十日那天再把鬼门关上。

相传农历七月三十是地藏王菩萨诞日，是夜，家家户户在门上燃插棒香和红烛，供菱、藕和白果之类祭品，祭祀“地藏王”，保佑无灾无难。孩子点燃“茄子灯”，此灯选择月牙形茄子，下插4支香作脚，上插一排香，点燃后，在地上拖着玩。

10. 立　秋

立秋之日，人们习惯要吃西瓜，并购衣料，赶制寒衣。如亲人在外地工作，家属将寒衣打包邮寄或专程送去，俗称“送寒衣”。

11. 中　秋

农历八月十五为中秋节，俗称“八月半”。此夜，各家在露天或客堂设案，点燃香斗祭月宫。桌上供鲜果四色，如菱、藕、石榴、柿子等，含有“前留后嗣”之意。还有煮熟的毛豆、芋艿，谓“毛一千、余一万”，以求吉利。是夜，全家团聚拜月、祭月。祭毕，分食月饼。如有人外出，切下一小块留着，表示团圆。贫苦人家常以自制塌饼代替月饼。这天，回娘家探亲的妇女必须回夫家过节同吃“赏月饭”。

20世纪50年代起中秋节点香斗、祭月等习俗已消失，而亲朋好友互赠月饼，中秋夜全家团圆，赏月吃月饼，食毛豆、芋艿、藕、菱、塌饼等传统依然保留。90年代起，一些单位和团体组织中秋节联欢活动，向职工发月饼，也使远离家乡的游子排遣思乡之情。

12. 重　阳

农历九月初九为重阳节，民间有赏菊、饮菊花酒和吃重阳糕的习俗。吃前，先要取一盆糕祭灶神，寓意“登高（糕）避灾”。有些地方，娘家要给出嫁的女儿送去重阳糕，表示日后“步步登高”。民间还有“吃了重阳糕，夏衣打成包”之说，意指冬天降临，准备寒衣。

旧时重阳糕家庭自做，今以糕团店或商贩市售为主。20世纪90年代起，上海市把农历九月初九定为敬老日，社会各界向老人送礼贺寿，开展敬老爱老系列活动。

13. 十月朝

农历十月初一，俗称“十月朝”，又是所谓“鬼节”，也叫“炉节”，开炉做饼，用来祭祖。农历十月新谷已经登场，农家略有收入，故祭祖菜肴十分丰富，与“苦恼七月半”相比，有“大富十月朝”之说。节前节后又要邀请亲朋好友聚餐，称做“吃十月朝”。农历十月，棉花一般均已采摘完毕，此时田间尚有残存的棉花，可任人采摘，俗称“捉野花”。

14. 冬　至

冬至呼之“冬节”，又叫“小年”。历来有“冬至大如年”之说，意指此节胜似过年。每逢冬至，人们设斋祭祖，还要相互赠送食物，叫做“冬至盘”。此日，观察天气，预测冬天雨量，有“冬至上云天生病，阴阴湿湿到清明”之民谚。冬至日最短，女儿忌望娘。此夜，如孩子死了三年以上，就将草包棺材焚之一尽。富户于冬至夜聚餐，故有“有钱人吃一夜，无钱人冻一夜”之说。

冬至为旧时商家店铺年度收支结算之时，老板于是日邀请伙计吃“冬至酒”，后四出收账，也可于这天解雇职工。

[二] 外来节日

1. 情人节

2月14日为情人节，改革开放后由国外传入，在年轻人和青年学生中较为流行。20世纪80年代，此节在群众中影响还不大，90年代，特别90年代后期起，不少城里人开始接受此节，尤其在青年一代中影响大，庆贺者逐年增多。此日，商家会专门策划各种促销活动，夫妻、恋人之间互赠玫瑰、贺卡、巧克力等以示爱意。

2. 愚人节

4月1日为西方“愚人节”，20世纪90年代始传入中国，在年轻人和中学高年级学生中较为流行。此节最典型的活动是彼此开玩笑，时下多用手机发送虚假信息愚弄对方以此取乐，多数人群不愿苟同。

3. 母亲节

每年5月第二个星期日为母亲节，改革开放后由国外传入，主要在文化层次较高、较为时尚的人士中流行。此日，做儿女的赠送鲜花、衣物、保健品等礼品给母亲，以报答父母养育之恩。

4. 父亲节

每年6月的第三个星期日为父亲节，由西方传入，大众了解程度远不如母亲节，仅有少部分子女在此日赠送衣服、领带等礼品给父亲。

5. 圣诞节

12月25日为“圣诞节”，改革开放后传入，最初只在基督教和天主教徒内流行，20世纪80年代起涉外企业注重庆贺，90年代，在年轻人中开始流行。圣诞气氛数南桥镇最浓烈，各大商场、宾馆、饭店、歌舞厅等都以圣诞树、圣诞老人像等装点，还举行圣诞促销、圣诞大餐、圣诞晚会等活动，小朋友以戴圣诞帽为快乐，朋友之间也会发各种贺卡和短信问候。

[三] 地方性节日

1. 菜花节

奉贤区菜花节在三四月份的庄行拉开序幕。菜花节的主要场所是

> 菜花节农家游

> 菜花节中的秧歌表演

庄行镇的万亩油菜田，游客在现场可观看用菜花搭配出的各种插花，以及丝网花、剪纸等农家旅游纪念品。现场还推出一些特色小作坊，让市民游客现场参观榨菜油、酿蜂蜜等过程，并亲自参与这些活动。菜花节还有休闲垂钓、花海美丽行、乡村摄影等丰富的活动，营造了浓郁的节日游气氛。加上以潘垫村、柴塘村农家乐为轴心的乡村游，以庄行老街为引线的文化游，以东蓠园、逸趣园、江南渔村为代表的生态游，四条旅游线路相映成辉，相织成网。一村一品，一村一景，以乡村为舞台，以美景为核心，以文化为灵魂的各色旅游精品，丰富了庄行农业旅游的品牌特色。

> 赶海节

2. 赶海节

5月，上海奉贤赶海节以“海”为主题，以观海、赶海、游海、吃海为特色，将具有民族特色的表演和游客参与其中的互动活动相结合，给广大游客提供一个祥和欢乐的节庆气氛。独具匠心的海上舞台和精彩纷呈的文艺节目给广大游客一种视觉和听觉相融合的感觉冲击。赶海节期间，位于海鸥路上的海鲜一条街会举行“渔家宴”特色旅游接待活动，让广大游客能吃上一顿价格实惠、味道鲜美、品种繁多的“渔家宴”。让广大游客亲海，爱海，享受大海带来的美味和乐趣。

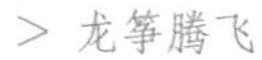
> 龙筝腾飞

3. 风筝节

奉贤海湾的风筝节通常在9月底10月初举行，风筝节是奉贤旅游节庆品牌之一，也是上海旅游节的重要组成部分。风筝节邀请全国各地的风筝爱好者齐聚一堂，各展风筝技艺，配合丰富多彩的民俗活动，吸引着四面八方的游客。

> 三口之家放风筝

陆 体育游戏

> 桥头拔河比赛

[一] 综 述

民国三十六年（1947）出现过“奉青体育会”，下设田径、武术、足球、篮球、排球、乒乓球、书报出版等10个组。不久便改名为“奉贤青年联谊会”。曾编辑出版过四期《健报》，于民国三十六年底告终。地区性的体育组织有短暂的“庄行体育会”，于民国三十三年（1944）6月14日成立，民国三十四年（1945）解散。有南桥镇的“友爱篮球队”，于民国十九年（1930）秋改组为“微明篮球队”，有队员十余人。

民国二十三年（1934）春再次改组为“微明体育会”。多次出征，屡战屡胜。抗战开始，因人员疏散，球队解散。奉贤民间体育有武术、石担、拔河、放风筝等等。

解放后，在党和政府的重视下，体育设施不断完善，现代体育项目应有尽有。特别是改革开放后，全区（县）职工体育、农村体育、学校体育、老年体育广泛开展，蓬勃发展。1985～1990年，有9个乡镇先后被评为上海市体育先进乡镇。1990年，奉贤县（区）被国家体育运动委员会命名为“全国体育先进县”。

[二] 传统体育项目

1. 武　术

奉贤的武术据资料记载，民国二十年(1931)，曾有陆建新、陆戒三参加全国运动大会江苏省预选会选拔赛。另有青村朱凤石，继承其父朱松隐绝技，专长一弓，以“金弹子”闻名。朱凤石长子朱文初能摧坚击石，1952年参加华东武术比赛荣获二等奖。其三子朱文华，擅长内功、运气、搏击、擒拿等传统武术，曾获上海市传统武术气功表演优胜奖。1981年荣获上海市传统武术气功表演一等奖。

2. 石　担

在农村青壮年中玩者甚多。有些青年家中自备，业余时间坚持练习，有时聚众比赛。

3. 拔　河

在农村流传甚广。每年秋冬季节，比赛频繁，围观者众。

> 放风筝

4. 放风筝

民间称风筝为鹞子。每逢冬春季节，可以看到天空到处飘着各式各样的大小鹞子。大人们放大鹞，小孩们放小鹞。最大的叫“九九鹞”，放上天后数天、数十天不收，有风铃翁翁作响。在农村，几乎家家都会扎鹞子。连小孩们都会用芦秆扎简单的小鹞子。民间放鹞子活动在解放初期较活跃，文革后逐渐淡化。1992年，奉新乡于东海杭州湾畔建成“奉新国际风筝放飞场”，有风筝桥、风筝路、仿古观礼城楼、观礼城墙等。可供10个道次同时进行风筝放飞比赛。据1991～2001年统计，曾举办或承办国际、国内9届风筝放飞比赛。此后，根据情况，该活动每隔2–3年举办一次。

[三] 现代体育项目和民间体育团体

解放前，奉贤的体育设施贫乏简陋，现代体育项目极少，随着社会的发展，人民生活水平的提高，奉贤的民间体育团体不断涌现。主要有：

奉贤区（县）农民体育协会。1989年成立，每个乡镇有1个团体与会员，现有团体会员13个。

奉贤区（县）桥牌分会。1982年成立，会员以机关企事业单位职工为主，有团体会员50个，个人会员三百多人。

奉贤区（县）信鸽分会。1984年10月成立，时有会员250人；2001年，有注册会员148人，共放飞训练信鸽8936羽。

奉贤区（县）冬泳协会。前身为江海冬泳队，1988年建办。1999年9月成立冬泳协会。现有队员五十多人。

奉贤区（县）木兰拳协会。2001年8月成立，有会员一百八十余人，分设12个辅导站开展活动。

奉贤区（县）棋类分会。前身为奉贤棋类俱乐部，1995年成立。1999年开始，隶属区（县）体育总会，成为其分支机构，遂改名为奉贤区（县）棋类分会。有团体会员36个。

奉贤区（县）老年人体育协会。该会是全区最大的民间体育团体，成立于1987年10月，1988年后陆续向乡、镇发展，各镇先后成立了区（县）老体协分会，随着老年人口的增加，老年体育事业迅速发展，老体协所属团队不断组建，区老体协属下已有老年骑游委员会、老年门球委员会、老年长跑委员会、老年棋牌委员会、老年乒乓球委员会和老年民间体育委员会等6个项目委员会，以及晨练指导小组，晚间广场舞指导小组等2个指导小组和老年篮球队、老年桌球队、老年

> 民间操

围棋队、老年风筝队、老年羽毛球队、老年摄影组、老年旅游办公室等7个直属队（组、室）。其中，老年骑游委员会下属42个骑游队，包括了3个村级骑游队。共有骑游队员1510人；门球委员会下属7个门球队，有队员105人；长跑委员会下属9个长跑队，有队员145人；棋牌委员会下属10个队，有队员101人；乒乓球委员会下属7个队，有队员一百多人；民间体育委员会下属7个基层队，包括腰鼓队、空竹队、跳踢队、龙狮队等。腰鼓队是仅次于骑游队的第二大团体，有45支社区队，拥有队员1321人。晨练和晚间广场舞各有46个健身点。到目前为止，奉贤共有基层老年体育健身团队240个，队员（会员）总人数达一万一千三百多人。

［四］民间游戏

奉贤的民间游戏娱乐，植根于青少年之间，盛行于乡间的村落之中。乡村中的青少年往往用游戏娱乐活动来驱除疲劳，娱悦身心。特别是少年儿童，通过游戏娱乐活动，在创造能力、克服困难、机智灵活、意志品质等方面，都能得到锻炼和提高。

捉龙梢　参加人数在五人以上。一人扮“龙头”，其余依次拉住前一人的衣服，末尾的人称“龙梢”，另有一人站于龙头对面，称捉龙梢人。游戏时，龙头人两手张开阻拦，而捉龙梢人向左右跑来跳去捉龙梢，捉住为胜。

推箍圈　活动时，在场地上画好的大圈内，各人用扎有粗铁丝向外弯成钩子的竹杆，向前推动一个箍圈，箍圈不倒下，时间长者为优胜。

斗鸡　参加者为两人一组，每人双手扳起一只脚，单脚跳前进，用膝盖撞对方，相斗中，撞使对方双脚落地者为胜。

猫捉老鼠　至少有五人以上手拉手站立围成圈，扮老鼠者在圈内

外钻进钻出，扮猫者在圈内外追抓，抓住为胜。

单脚跳圈　在地上放两个箍圈，人单脚独立在第一个圈内，向前跳进第二个圈内，转身拾起第一个圈再转身将圈放到前面，继续跳圈，到脚踩到箍圈或双脚着地为止，跳圈多者为胜者。

跛脚捉人　至少有五六人围成圆圈，圈内另有三人，其中一人将左手往下扎在左脚小腿上，人弯曲着作跛脚状，颠来摆去捉人，另二人如因粗心大意而被“跛脚”者抓住了衣服，算是负者。

造房子　在场地上画一些并排相连的方格子，游戏时，在第一格内投一物，然后单脚跳动，将此物逐个向前踢去，踢至最后一格，才算“房子”造成。如中途另一脚落了地或物件压在方格线上，均属失败，成功者为胜。

抢占角位　在场地上画一个3～4米的四方形，四角及中间各画圆圈，各圈内站一人。游戏时，在四角者不断相互流动，交换角位，中间的人趁机抢占角位，占到了算是胜者，失去角位者为负者。

摸彩条　在各色纸条上分别写上“唱歌、猜谜语、做个什么动作”等多种节目内容。游戏人围坐在一起依次报数，其间主持者背着众人说“停”，这时正在报数者须摸彩条，并按彩条上的内容表演节目，后游戏继续进行。

套箍圈　备竹篾小箍圈十余个，并竖一杆子，游戏者距杆子2～3米处用箍圈抛投，套入杆子多者为优胜。

背脊夹物　两人相背而立，中间夹一圆形物品，竞赛时每对人员或横行，或下蹲，或起立，或转圈，以物品不掉落，持续时间长者为优胜。

盲人抓人　五人以上手拉手围成圈形，圈内另有2～3人，其中一人蒙住双眼扮作“盲人”，张开双手，凭听觉在圈内摸来摸去抓人，另两个人如不注意，被盲人抓住衣服，算是负者，被罚唱歌或表演，后调换角色，游戏继续。

桶内投物　游戏者在2～3米外，手持物品十件，向适当口径的圆桶内抛投，投进多者为优胜。

打弹子　在地上挖相距1米左右成三角形的三个洞，中间画一圆

圈，2～3人参加活动，每人在圈内放2粒以上玻璃弹子，各人按确定的先后顺序，用手中弹出的弹子把圈内的弹子击进洞内，击进洞内的弹子多为胜者。如手中弹出的弹子滚进洞内者，要停打一次。

打菱角 用硬木削制成下大上小两头尖的圆形玩具，称为“菱角”。各人在菱角上部绕线后，扣住线头用力甩在地上，菱角离线快速旋转，时间长者为优胜；另一玩法，用手中绕线菱角，对准地上圈内的他人菱角，将其击出圈外为胜者。

老虎进洞 在地上挖三对角的三个洞，在第一个洞的地方，人蹲下将手中的弹子对准第二个洞弹过去，进洞者称“老虎进洞”。三洞连进，算为优胜。

盲人点圈子 游戏者在距墙3～4米外，用布蒙住双眼扮作“盲人”，然后向前走，用手指头点在贴在墙上15厘米左右直径的圈子内，算是点准了，有奖；点在圈外者要罚唱歌或表演。

盲人穿弄堂 用长凳数只，分左右摆成一道约1米宽，并有1～2个小型弯曲通道，或竖杆子左右系绳子设弯曲通道，长4～6米。游戏者在弄堂口外2米左右，用布蒙住双眼扮作“盲人”，走向弄堂口，左右无碰撞，顺利通过者为优胜。

捉迷藏 此为少年游戏，在指定范围内，捉迷藏者面对墙壁闭眼睛，不得偷看躲藏者的地方，躲者出声说“好了”，捉迷藏者开始寻找躲藏者，找到了算是胜者。

猜谜语 乡村中农闲时或晚间黄昏，大家坐在一起，由年龄大者或有文化者先说出富有乡土趣味的谜面，指定某人猜谜底，如猜不中由他人再猜。在场者人人都可出谜语，让大家猜，增加休闲乐趣。

> 游园会中的猜灯谜

此外，农村中常见的游戏娱乐还有打铜板、滚铜板、挑绷绷、踢毽子、找毽子、跳绳、踩高跷等，都是常见的有益身心的民间游戏。

柒
民间工艺

[一] 纸 艺

奉贤纸艺包括刻纸、剪纸、折纸，2007年已列为上海市非物质文化遗产保护名录。

1. 刻 纸

刻纸手工艺始于元代，盛于明末清初。奉贤最有代表性的奉城刻纸，可以追溯到清雍正四年，是从民间盛行的龙船贴花、窗棂装饰、鞋花、肚花等剪纸花演变而来的。表现形式为“画刻”，即先有图样，然后动刀刻出。画图样的人要有丰富的想象力和高超的绘画技能，所谓笔下有神。也可以参照传承下来的画样或其他优秀图画，刀刻时不断离，层次分明，形象逼真。内容可分如下类型：

人物类：神话传说、民间故事、戏剧小说中的各式人物，如《八仙过海》中的八仙，《西游记》中的唐僧师徒，《水浒传》中的一百单八将，《西厢记》中的崔莺莺、红娘等人物，以及“仕女图”等。

风景类：各地山水美景。

花鸟类：喜鹊迎春、荷花、梅花、菊花、桃花等。

情节类：如“农耕乐”，“喜迎丰收”等。

刻纸用的主要工具有刻刀和油盘。刻刀刀锋厚度仅0.35毫米，油盘则是在刻纸时垫衬在纸的下面，以便于镂空和剔去不需要的部分。纸张分样纸和色纸。样纸用来描绘图样，从打初稿开始，不断修改到最后定样；色纸即彩色油光纸，也是被刻成成品的纸张。刻纸作品一般都用于祭祀，到时候就毁于一炬。

作品的刀法精妙入微，挺拔有力，线条明快丰富，构图隽秀优美。艺术家们的“绝活”，在于刻出的花鸟、人物，栩栩如生，细腻逼真，使人过目而不忘。解放前，以“香火”为营生的艺人，都擅长刻纸，内容大都取材于古典名著，历代典故，民间传说等。解放后，题材有所拓宽，融入了许多现代的内容。

最有代表性的是已故的裴根泉老先生。他刻刀下的作品细腻精致，在奉贤图书馆藏有他的《西游记》、《西厢记》、《仕女图》、《农耕乐》、

> 刻纸传艺

《喜鹊迎春》、《喜迎丰收》等作品。奉城镇的白衣聚村，曾经有过一批刻纸艺人。如号称浦东第一的金炎生，还有黄根祥、刘行弟、顾桂标等。现在顾桂标在龙华寺从事刻纸。

在过去盛行陪葬祭品的时候，因需要将刻纸品贴于冥物之上，曾有很多艺人从事刻纸工艺（俗称香火活），各门各派的风格各有所长，代代相传。随着时代的变迁，此俗已式微。

2. 剪　纸

剪纸在奉贤青村镇一带盛行。青村镇的前身——陶宅是清代苏松东南沿海的重要经济、文化重镇。据光绪三年《奉贤县志》称："北宅千灶、珠履三千"、"钟鸣会食、击鼓传更"、"园锁烟云、湖集歌舞"，繁荣昌盛之势可见一斑。由于文人墨客汇集，奇才名流辈出，为青村镇历史造就了深厚的文化底蕴。也为民间剪纸艺术的发源提供了扎实基础。自元代起，剪纸就与书画、雕塑、民歌、传说等文艺样式一起，存于青村民间，并世代相传。

剪纸主要器具为剪刀。传统的剪纸以有色光纸和有色蜡纸为制作材料，现代剪纸则配以高档有色彩纸及白纸，相互衬托。剪纸的内容题材大致分为两类：

一、喜庆。这类题材在民间流传广泛，通过作品集中展现喜气、吉祥、长寿、富贵的气氛。其内容可细分为：

1. 娶媳妇嫁囡：图案以“八吉”、“双喜”、“双钱”、“双蝶”、“龙凤”为主要内容；

2. 祝寿：图案以“松鹤延年”、“福禄寿”、“仙童献寿桃”等居多；

3. 节庆：主要为春节、元宵节、庙会等，一般以古装戏的内容居多，大都粘贴于“走马灯”上观赏。

二、点缀。主要用于服饰、器物等用品上，如枕头、裙衫、头巾、窗花、鞋面、肚兜。图案大都取材于戏文及花鸟虫鱼等。

3. 折　纸

折纸在奉贤有着广泛的群众基础。艺人们利用纸的不同质地、性能，采用“折”、“叠”、“卷”、“翻”、“插”等手法，辅之于剪接、拼画等技艺，可以创作出各种栩栩如生的物像。甚至如“大闸蟹”、“中国茶具”、“金鸡报春”题材都能表现得造型直观生动，形象惟妙惟肖。折纸需要选择质地较好的纸张，颜色按需要表现的内容来确定。

南桥镇古华一村已经退休的徐菊洪老先生，被人们誉为“民间折纸大王”。他技艺高超、构思新奇，作品极富表现力，在他指导下，很多青少年学习折纸的技艺得到迅速提高。

> 折纸

[二] 编　结

奉贤本地编结工艺历史悠久，实用价值强，在生产、生活实践中得到广泛应用。常见的有抽抽结、对拔结、三角结、牛固牢结、甏落结、扎肉结、苏北结、扛石结、葡萄结、蝴蝶结、吉祥结、草花结、十字结、双口结、双钱结(俗称“古老叶结”)和中国结等。一般用纱线或绳子打成，视不同用途选择最佳编结，起事半功倍作用。双钱结用深色土布打成，图案对称，富贵庄重，系于姑娘嫁妆铺盖上。葡萄结旧时用于衣衫纽扣，今已淘汰。1999年始，春节时兴悬挂象征中华民族大团结的中国结，由蝴蝶结、吉祥结、草花结、双钱结等组合编成，大红色，富有生气。

[三] 雕　塑

1. 木　雕

奉贤民间一直有木雕艺术，古时富人建造新房，制作家具，请民间木雕艺人，在木质梁、柱和家具上雕文刻花，有人物画、山水画、花鸟画和福星高照等文字。制作大床、橱柜飞镜台、凳椅等家具，也要雕刻花纹，以示高档。木雕工艺有镂空雕刻，也有表面雕刻。50年代中期始，农村造房已不用木雕，而制作家具仍用木雕，但花纹逐渐简单，木雕工艺技巧也逐渐失传。70年代，尚有农家制作家具后，请雕花匠在家具上雕刻花纹。进入80年代后，木雕作为一种民间艺术，逐渐衰落。

奉城镇于1972年创办木雕厂，用上等檀木、柚木、樟木、椴木等原料，进行全木雕刻。该厂在继承传统木雕艺术的基础上，于题材、构图、线条、刀法及品种上不断创新，既有山水人物的屏风、历史题材的插牌、飞禽走兽的挂屏、百子闹春及吉祥如意的白木组雕、爱情故事的白木合雕，又有供寺庙、宾馆用的各类物件、饰具，还有中高档的嫁妆箱、各式摆件等。从1975年起，该厂曾先后为上海的龙华寺、玉佛寺、静安寺等寺庙雕刻佛像、佛龛、供桌、宫灯及道具等。1984年，奉城木雕厂的一块木雕仿古插牌，代表奉贤县入选上海市民间艺术品展览，随后又被中国民间艺术品出国展览团带往瑞士等西欧国家展览。1991年为上海静安宾馆9楼、10楼接待厅精雕的优质柚木房顶与铰链棒，集浮雕、悬雕、镂雕于一体，远看玲珑剔透、金光闪耀；近看清雅秀媚，生动逼真。整个接待厅显得古朴、庄重、典雅，令中外宾客赞叹不已。该厂的各种雕品已远销东南亚和日本、美国、法国及我国香港地区。

如今，奉城木雕品种越来越多，从室内装潢雕刻、工艺摆设，如高悬的琉璃灯、仿古的六角台、供观赏的能托在掌心里的成套微型家具，到垂目盘坐的观音，昂首长吟的金龙，披鬃卷尾的唐马，各式古帆船等，无不显示奉城木雕这一古老的民间艺术的奇特光彩。

2. 石碑、石雕、石牌坊

奉贤是个古石碑、石雕和石牌坊较多的地方。据调查，目前奉贤境内存有各种石碑28块，墓志铭32块。现奉贤博物馆已将全部墓志铭及部分碑刻征集入馆，成为研究奉贤历史的宝贵资料。

碑刻的种类很多，如城池之碑，有《柘林城记》碑一块。为明代沈承恩撰写，书画家文徵明所书，记述柘林被倭寇占据及当地人民筑城抗倭的概况。此石于1958年被该处一石灰厂当作原料砸碎。

又如桥道之碑，清乾隆、光绪两部《奉贤县志》记载有十一块。现仅存南桥《横径桥碑》，藏奉贤博物馆。道院镇金兰桥碑石残片，现砌于上真道院壁间。

再如寺庙之碑，存世数量较多。奉城有《万佛阁碑》二块，为南宋嘉熙元年的《嘉兴府华亭县明行院记》碑与明代嘉靖朝首辅徐阶的家庙庙碑各一块，现在奉贤博物馆陈列。

功德之碑，有《颜日嘉惠海隅政碑》一块，青石基质，碑座龟首龙身，现在头桥镇二桥村牧场。清光绪年所立《简用总镇统带督标亲兵正营樊公德政碑》，记光绪元年总镇樊政升在英法联军蹂躏柘林城后，整修城郭，修桥铺路的政绩。由徐培麟撰文，侯增详书字，朱绍麟镌刻，现存奉贤博物馆。《南桥代赊局记碑》，记清光绪十四年成立为鳏儿死后代葬的慈善机构“南桥代赊局”的善举，碑石现藏奉贤博物馆。

此外，较重要的还有立于柘林镇的“华亭东石塘”的记事碑，记华亭知县丘闻诗、陆廷枢承筑石塘之事；乾隆年所立《奉宪饬定征收场课耗银碑》、清嘉庆年间所立《奉宪审拟禁除脚夫勒诈碑记》，以及在奉城镇的《日军罪行碑记》、《杀人塘碑记》，后两碑均记述抗日战争时期日本侵略军惨杀无辜百姓的罪行。

奉贤地区保存的墓碑和墓志也有可以传世的作品，如南宋嘉定年间的“宋故保义于公墓志铭”，在三女冈附近出土，文字较清晰，现存奉贤博物馆，又如“宋帮承信郎于公英之墓碑”，同地出土，现藏上海博物馆。目前由奉贤博物馆保存的墓碑和墓志有三十余块。

奉贤境内的石牌坊也别具一格。据光绪《重修奉贤县志》记载，奉贤历史上有不同性质的石牌坊64座。“贞节”牌坊，是较常见的一种。主要是用来表彰那些守节多年，誓不改嫁的妇女。此外还有表彰科举及第的“进士坊”、“举人坊”、“节孝坊”等。标名“旌节坊”的数量最多，达39座。这些牌坊，多为明清两代建造。其规制都为“三横四竖”式样，用石条石柱构筑而成。柱石上多镌刻各种人物、花纹图案，成为由建筑、雕刻和文字艺术相综合的艺术品，极具研究和观赏价值。

由于年代久远，风雨侵蚀，加之战火摧残以及民间建屋移用石料等原因，奉贤境内的牌坊，至解放初期已所剩无几。如柘林的明代“进士坊”、“节烈坊”，青村的明代“胡氏牌楼”，庄行镇的明代“贞节坊”等，均不存。现境内尚存石牌坊6座，其中泰日镇的“旌节坊”等破损较严重，保存较完整的有钱桥镇的“旌义坊”，为清道光十五年（1835）张言儒立。

捌 民间艺术

[一] 民间音乐

1. 江南丝竹与“清音班”

江南丝竹是流传于奉贤乡间的一种管弦乐，由当地民乐爱好者成立的清音(只奏乐，不演唱，故名)班演奏的民族乐曲。乐器有二胡、笛子、琵琶、三弦等。1949年前，主要在婚嫁、灯会、庙会及过节时演奏，50年代较盛行，专为婚庆礼节、接新娘、拜堂成亲、迎宾时演奏。其艺人大多为当地农民，业余演奏，没有报酬，喜庆之家管饭，结束时送一布巾做礼物即成。江南丝竹有三六、快六(乐)等曲谱，乐曲轻快悠扬、悦耳动听，深得群众喜爱。

奉贤民间丝竹不像其他地区那样缓婉细柔，而以清亮激越、明快奔放的特点独树一帜。清音班由于以申胡（音质清亮的沪剧主胡）代替了二胡，并加入了京胡和彩碟（餐用六寸瓷盆）一齐演奏，乐声格外好听。往昔清音班常有演唱滩簧和京昆段子的助兴节目，又因为申胡和京胡的声音传得远，适合旷野演奏，于是沿用了下来。

> 清音班行街表演

清音班一般有七八人组成，也有十多人的。除了上述乐器外，一般还有琵琶、小三弦、中胡、木鱼和板等，也有用高音笙或秦琴的。但为了便于行街演奏，一般很少用扬琴。清音班演奏的曲目很多，除了江南丝竹“八大曲”外，还有许多短小的曲目，如《新清音》、《悦乐》、《小六板》、《龙虎斗》、《紫竹调》、《一点金》等，共四五十首。奉贤的清音班以金汇、泰日、齐贤、青村一带为最多，而且知名度也较高。清音班演奏手法与一般江南丝竹相同，用“你繁我简，我繁你简”的“嵌档”、“让档”手法。长期合作的琴师们相互配合默契，吹拉弹打各种乐器声部构成了高转低回的支声复调，十分悦耳动听。

旧时的清音班，一般都是由殷实农户的爱好者自发组成，他们常以地域为界组合在一起，偶尔也有毗邻地区相互客串的。平时，他们定期定点集中，奏乐练唱，自娱自乐，逢到风俗庙会或村邻街坊的婚娶寿庆活动，他们常应邀作贺兴演奏。他们应邀演奏都不收钱，所以颇受乡民欢迎和尊重，被称做“先生”，待为上宾。在演出时，他们穿长衫，戴礼帽，手中的乐器皆饰有“彩头”。不同乐器的彩头造型各异，有“双龙抢珠”、“丹凤朝阳”、“龙门鲤鱼”、“玲珑宝塔”等，五光十色，耀眼夺目。

奉贤各镇都有清音班，有的镇甚至有几个清音班。深厚的民间音乐底蕴培育了一大批丝竹好手和杰出人才。孙文明、楮光荣和李财余便是其中的三位。

> 孙文明二胡演奏

盲人孙文明（1928～1962），又名潘旨望，是五六十年代奉贤及附近地区几乎人人皆知的二胡高手，曾在50年代代表当时的松江专区赴京参加全国业余艺术调演而获奖，受到周恩来总理的亲切接见。50年代末60年代初，他应邀去上海音乐学院授课，并在那里留下了他创作和演奏的七首二胡独奏曲的录音。80年代，香港出版了根据录音记谱的这七首二胡独奏曲曲谱，其中的《流波曲》是他的代表作。他技艺高超，风格独特，富于创新。他在《夜静箫声》一曲中，用二胡奏出洞箫的音色惟妙惟肖，他独创的许多演奏技巧颇有研究价值。海内外的业内人士一致认为，他是与无锡的华彦钧（瞎子阿炳）齐名的杰出的民间音乐家、民间二胡演奏家。

盲人楮光荣（1927～1999），奉贤民间三弦演奏家，是孙文明的好友。他十四岁起习奏三弦，勤奋好学，刻苦钻研，练得一手好技艺。1986年，他即兴创作并演奏了三弦独奏曲《浪街》、《树下琴思》和《诉心曲》。乐曲显示了他娴熟高超的演奏技巧，特别是快速的过弦夹弹，细密而匀称，令人叹服。

李财余，生于1919年，年轻时学弹琵琶，后改奏彩碟。他根据琵琶的滚、轮、弹、挑手法和节奏特点，改进和丰富了彩碟演奏技巧。

60年代后，清音班停止活动；90年代初，又逐渐恢复。1991年，为挖掘民间艺术，奉贤区邬桥乡文化站联络全镇十几名原清音班老艺人，组建全县首家邬桥清音班，由文艺演出队乐队负责排练江南丝竹乐曲，组织参加镇内群众文艺演出，或自行到镇老年活动室即兴演奏。1996年10月22日，奉贤县江南丝竹学会在邬桥汇中路举行全县丝竹会串暨邬桥清音班成立五周年庆典演奏活动，县内13个代表队进行交

> 孙文明作品演奏会

流演奏，宝山区大场镇民乐队也前往祝贺并演奏，盛况空前。2003年，全镇有江南丝竹演奏的清音班艺人十余人，以老年人为主，青年演奏者甚少，后继乏人。

2. 琵琶宗师程午加

程午加(1902～1985)，我国著名的音乐教育家、民族乐器演奏家和革新家。1902年出生于奉贤南桥镇，在家乡度过了他的少年时代。父亲爱好民乐，能吹箫、笛，拉二胡，弹琵琶、三弦，自小培养了他对民族音乐的兴趣。在复旦大学读书时担任复旦学生会文艺部长及国乐会会长。1928年毕业后，在北京大学教授赵元任、金叙初指导下，任万国美术所国乐教师，向北京、云南、湖南、河南等地民乐专家学习各地民族音乐，并于二三十年代在章士钊、缪云台、郑觐文等指导下，参加大同乐会建设工作，一方面收集民族民间乐曲，向青年学生传授民乐，一方面向各国人士介绍中国古典音乐。抗战期间，在重庆、昆明任国家演奏员，抗战后任国立政治大学、国立音乐院国乐教授。

解放后，先后在华东军政大学、山东大学、华东艺专、南京艺术学院担任国乐教授，与章士钊、欧阳予倩、郑靓文、缪云台、杨荫浏、刘天华等一起，从事民族音乐搜集、整理、研究、出版等工作，为复兴中国民族音乐奋斗了一生。在他执教的半个多世纪中，培养了一大批音乐人才，不少人成为海内外有影响的音乐专家。程午加还致力于乐曲创作、乐器改革，并热心于社会辅导工作，70年代闻名江南的“小红花艺术团”，就由程午加担任民族乐器的辅导。

程午加创作的乐曲富有时代精神。抗日战争期间主要作品有琵琶乐曲《泰山观日出》、《巴山夜曲》；解放初期的作品有《自由万岁》、《陆地行舟》、《胜利渡东海》、《浦江码头》、《军民河舞曲》、《勇敢的战士》等。社会主义建设时期创作了反映幸福生活的《美丽的青春》、《孔雀开屏》，以及反映工农业生产欣欣向荣的《钢花》、《秋播》等。他的作品多数为琵琶、古琴、古筝、三弦的曲目。他的作品集《琵琶曲集》、《十番锣鼓》和《月琴、秦琴、三弦》等著作，分别由北京音乐出版社、上海文艺出版社出版。

程午加的琵琶演奏艺术博采众家之长而自成一家，是我国琵琶艺术的一代宗师。他对民族乐器进行了一系列重大革新，改琵琶六弦为四弦，十二品为十八品，定下了现代琵琶的形制，科学地解决了古琴、古筝定弦中的音准问题，创造了“八三笛”、“八三箫”、“鼓琶”、“月琶”和“响琶”，制作了中国的定音锣鼓，使中国民族乐器的发展，走上了一条新路。

程午加于1985年11月在南京逝世。生前曾任中国音乐家协会江苏分会副主席。

3. 打　唱

是一种道教的曲艺形式，常由道士操作。演唱时一般放在室外，须搭台，或用几只八仙桌拼起来。主唱由法师担任，有时可加唱曲子，以京剧内容和程式为主，有京胡伴奏。此类活动目前已不多见。

4. 讨　唱

一般为乞丐所为。往往是站在店铺门前，唱些三教九流的内容，有的还要些低档杂技，唱后等店主给钱。如遭拒，则决不甘休，甚至要起无赖，反复演唱，定要拿到钱后方作罢。解放初期尚多见，现已很少见到了。

5. 梨膏糖调

由卖梨膏糖艺人站在街头的长凳上演唱，唱时手中拿尺板，曲调多种多样，一般以苏滩为基本调。唱者有时即兴创作，内容往往触及到小市民的衣食住行，故颇受听者欢迎。每唱一段，便向围观的听唱者兜售梨膏糖，买与不买由听者自愿。奉贤曾有一个绰号叫“大麻子”的艺人，说、表、唱技艺高超，每逢各地庙会和节庆，总有他的身影，深受当地百姓称赞。现专业演出者已鲜见，但在民间可能仍有人会此技艺。

6. 吹　打

吹打是流传于奉贤地区的一种民间音乐。吹打班一般在3～5人左右，主要乐器为唢呐，自清末一直流传至今。吹打班主要是为丧事服务，农家出丧时常有吹打伴奏。一只为大唢呐，奏低音部；一只为小唢呐，奏高音部，节奏一般为2/4拍，曲调不长，大都落在小调式的“6”音上。在实际操作中，常反复演奏同一首乐曲。吹打班采用行进式和坐唱式两种形式。在去火葬场途中，一般奏行进式。在家中守灵时，可增加二胡手和演唱员，演唱各种曲牌。解放初期，以京剧曲牌居多；如今，亦有演唱越剧、沪剧小调的。演唱的目的是以示哀悼。

［二］民间舞蹈

1. 概　述

奉贤民间舞蹈，受到吴越两地文化，及其他地域民间文化的滋养，形成了自己独特的艺术形态和文化品位。奉贤民间舞蹈，不但具备江南民间舞的柔美、细腻、优雅、飘逸的风格，又有北方民间舞蹈刚毅、大气的特点，是典型的临海民间舞蹈。

奉贤民间舞流传至今约有几百年历史。每年的灯会、庙会时节都是民间舞大交流、大展示的大好时机。各乡、各镇、各村、各队都积极组队参加，盛况空前。历史上最大的一次灯会有102条龙灯同时起舞，大有翻江倒海之势。

奉贤民间舞蹈有灯会舞、庙会礼仪舞与祭祀舞三种形式，每种形

> 荡湖船

> 龙灯舞

式都有它的代表性舞蹈。因祭祀舞动作性较差，现在已经很少见到了。在奉贤众多的庙会礼仪舞中，“夜巡班”最为有名，它把耍钢叉技巧与生角、旦角、丑角滑稽、风趣的表演有机地结合，配合“小鬼们”响叉跑的基本步法，变换着双蝴蝶、五梅花、九曲桥、卷帘子等队形，逶迤行进，颇为壮观。奉贤民间舞最具特色的是灯会舞中的“滚灯舞”，它是江南民间艺术的一朵艳丽的奇葩。

从1986年9月28日奉贤首届文化艺术节开始，每届艺术节都是民间艺术、民间舞蹈唱主角。第三届艺术节开幕式，行街有舞龙、滚灯、蚌舞、打莲湘、荡湖船、踩高跷、卖盐社、夜巡班等二十几种民间舞参加。表演队伍有128支，演员1658人，组织规模之大，演员人数之多，是奉贤历史上从未有过的。

2. 舞滚灯

舞滚灯在奉贤约有二三百年历史。每逢灯会、庙会、节场、庆丰收等场合都能看到滚灯表演。奉贤人称滚灯为“灯中之王”。其实这“灯中之王”是用竹片条制成的圆球。大滚灯的大球直径有1.5米，球重30千克；内置小球，小球内放置红灯。表演者均为男子，大滚灯表演充分体现一种力量，一种健美，一种粗犷，一种野性，是力量和美的结合。大滚灯舞由缠腰、脱靴、鲤鱼卷水草、翻铁塌饼（专业术

> 行街舞蹈

> 舞蹈《回娘家》

> 广场滚灯

语，奉贤土话）、白鹤生蛋等十一个技巧动作组成。舞灯者运用手腕、腰部、腿部、颈部的力量，凝神蓄力，双手紧抓滚灯一端，在人身四周上下左右翻滚，在地上空中飞舞。滚灯表演最精彩的是“蜘蛛放丝”技巧，表演者用牙齿咬住线结，以站立的双脚作为中心点，以颈项之力旋转球体，球体向顺时针方向转，人体向逆时针方向转，球体产生很强的离心力，在表演者身体保持平衡的基础上，球体向上向外翻飞，这一技巧有很高的观赏价值。奉贤滚灯在大滚灯表演的基础上，创造发展了中、小滚灯舞，适合女子舞蹈。它结合东北秧歌的手上动作，采纳安徽花鼓灯的舞步，发挥女子表演柔美的特点，加上滚灯锣鼓经和江南民间音乐的伴奏，使奉贤滚灯舞更具艺术表现力，更受群众欢迎。

20世纪90年代是奉贤滚灯的辉煌时期，滚灯民间舞蹈作为一个独立的民间艺术样式频频亮相于全市乃至全国的文艺舞台上，并在全国第五届少数民族运动会表演大赛中、全国“群星奖”广场舞大赛中连连获奖。1994年10月1日，奉贤滚灯队随上海代表团参加国庆45周年游园联欢活动，江泽民、乔石等中央领导同志观看了奉贤滚灯表演。1997年由508名演员组成的大型滚灯舞“彩灯巡礼”参加第八届

> 奉贤滚灯

全国运动会开幕式序场表演，受到八万观众的热烈欢迎。现在奉贤基本上镇镇建立男女滚灯队，胡桥社区从幼儿园到中学、技校、各企业都组织了滚球队。1999年，胡桥镇被文化部评为民间艺术特色之乡——滚灯民间艺术之乡。2008年，奉贤滚灯成为国家级非物质文化遗产保护项目。

3. 打莲湘

俗称“莲花会”，解放前传入奉贤平安。表演者分男组、女组、男女合组，统一着装，腰佩汗巾，色彩艳丽。手持由竹竿、铜钱(俗称“小铜钿”)定制的莲花棒，手脚并用，动作整齐，发出“嚓”、“嚓”的金属声响，伴有《四季歌》、《迎宾曲》等曲子，舞姿优美、声情并茂，为民众喜爱。旧时在元宵节、庙会等时有演出。1995年，平安居委会发起组建老年莲花会队伍20人，曾参加各种文艺汇演。

4. 打腰鼓

50年代初期得以盛行，主要是翻身农民，用打腰鼓这一民间艺术制造热烈气氛，达到欢庆之目的。打腰鼓者大多为女性，年龄有老有少。腰间挂着橄榄形小鼓，用两根系着红绸带的鼓槌，边敲边跳，载歌载舞，表达心中的快乐。后发展到村里青年参军或节假日都有腰

> 滚灯传人吴伯明

鼓队演出。60年代后这一民间艺术逐渐衰落；80年代末得以恢复，发展到今天，区内各社区以及文化广场上都有腰鼓队的身影，区内大型活动及重要节日，均由老年腰鼓队参加助兴表演。

> 广场舞蹈

[三] 民间曲艺

1. 山歌剧

清末民初时期，散居在奉贤各地的山歌能手自发组织起来，成立了带有一定职业色彩、有角色分工的民间演出团体——“山歌班”，用清唱的的山歌在当地农家的红白喜事中演出，成为当代山歌剧团的雏形。

旧时，长江三角洲一带的农村，多以种植水稻、棉花为主，在种秧、耘稻、棉田除草劳动时，农民以唱山歌的形式来消除疲劳的风俗，所以，这一带的民歌(田山歌)十分流行，内容多以爱情、时令、风俗为主。20世纪50年代，农业合作社、人民公社的形式把农民的个体生产带进了合作化时代，各个公社纷纷成立了农民业余宣传队，在农闲时排练文艺节目，宣传队员用农民熟悉的田山歌音调演唱，逐步形成了一种吴语地区所特有的，具有浓郁江南水乡风格的曲牌。同期，奉贤县文工团成立，其成员多数是各公社文艺宣传队的骨干。

> 山歌剧《江姐》

> 山歌剧表演

1956年，奉贤山歌剧团的前身奉贤县文工团成立。1961年排练了第一部奉贤山歌剧小戏《梅娘与桃郎》，在上海演出后引起了轰动。期间，上海市群众艺术馆研究馆员邹群老师下奉贤农村采风，挖掘整理

> 民间文艺表演

了流行于奉贤等地的“东乡山歌”和“西乡山歌”的资料，并吸收了上海民间音乐和民间说唱音乐的曲调，逐步形成了山歌剧的唱腔和形态，成为奉贤山歌剧发展史上的奠基人。

1962年4月，奉贤文工团正式改建成为奉贤山歌剧团，创作、改编、移植演出了山歌剧《搭船》、《摸花轿》、《江姐》等四十多部戏。

山歌剧的基本唱腔分为男女反调基本和男女正调基本。基本唱腔曲调是由东乡山歌和崇明山歌改编而成的。它分为中板、慢中板、快板、念板、散板、四六板等；在板式上中板、慢板同沪剧基本相同；快板、念板不同于沪剧中的赋子板，因山歌剧的念板、快板都有音乐随腔伴奏，并且中间加有一定过门，烘托性强。散板是由中板发展而成的，不同的是节奏形式和伴奏形式上的变化，这种唱腔是无板无眼、节奏自由。

山歌剧多是五声或六声宫调式、徵调式、羽调式，少见有商调式和角调式出现。“7”音在唱腔过门中最为常用，山歌剧的曲调是在山歌基础上发展而成的，所以它的音域较宽，音调高亢，并且衬词也繁多，如：啊、呀、依等。

山歌剧的曲牌有东乡镗锣调、游山调、花园调、杏杏调、连发调、宣卷平调、小郎依儿、西乡山歌、田山歌以及十字调、对花调等民间小调。

山歌剧伴奏乐队的编制大体与江南丝竹乐队编制相同，主胡沿用沪剧的申胡，以申胡、扬琴、琵琶为主，称为“三大件”；还有曲笛、笙、二胡、中胡、电子琴、革胡(后来以大提琴代替)、鼓板、锣钹等。

1966年受“文化大革命”影响，山歌剧停演；1978年重新组建奉贤山歌剧团，并先后排练了《春草闯堂》等十几出戏；同年，山歌剧团改名为奉贤沪剧团，山歌剧又一度停演；2003年，依托南桥镇老年大学办起了山歌剧唱腔培训班，在这基础上，2005年排练了七场山歌剧《江姐》，深受群众欢迎。2005年南桥镇文广中心创作了《翠竹情深》，2006年创作了《夜访》山歌剧小戏，这两部小戏的音乐设计、导演手法都有一定的创新。

2. 锣鼓书

原为清末道教的一种说唱艺术，后演变为民间说书的一种形式，有单人档和双人档，道具为一只圆形扁鼓和一只小镗锣。解放后，经过发展，演出时除演员外，还有乐队伴奏。乐队至少应有二胡、琵琶（或三弦），有时加上洋琴或月琴。演唱时，一般以单人为多见，男女均可。演员站着，边演唱，边打鼓击锣，鼓点、锣点均有一定节奏，每一个节目都会塑造一两个活龙活现的人物。曲调节奏有快板、中板、慢板等，调式一般为大调式，最后落腔大都在“1”上。1964年，由奉贤代表团演出的锣鼓书《不老松》和1966年由奉贤代表团演出的锣鼓书《打谷场上》均获得上海市群众文艺汇演大奖。

3. 唱说因果

亦称农民书或浦东说书，是钹子书的一个主要流派。道具为一只钹子和一根敲棒。敲法有多种，既有亮敲，也有闷敲，既可边敲边唱，也可用各种敲法作为过门。形式有只唱不表的开篇，也有唱表俱齐的短篇，乃至连唱数十回的长篇。说唱的内容有古代的，也有现代的。曲调有东乡调和西乡调之分：东乡调缓慢柔和，悦耳动听；西乡调激越亢奋，抑扬顿挫。实际上，在演出时，往往两种调式交错使用，根据人物的感情而定调。表白语调为奉贤方言。解放后，奉贤有专业艺人，常在茶馆内演唱。县里曾成立过曲艺队，顶峰时多达数十名艺人。20世纪60年代后，钹子书移植到业余文艺宣传队，由1人演唱发展到多人演唱，且边唱边舞，每个演员手中的钹子和敲棒，既是说唱工具，又是表演道具，加上队形的变化，成为一种新颖的表演唱。1965年，由奉贤演出团表演的钹子书表演唱《红色故事员》获得上海市群众文艺汇演大奖。

[四]　民间戏剧

1. 齐贤皮影戏

奉贤齐贤地处黄浦江南岸，金汇港（塘）贯穿全境，为典型的江南鱼米之乡，皮影戏在齐贤已有百年历史，形成了南派皮影戏的地方特色，2007年列入上海市非物质文化遗产保护名录。

清末民初，齐贤村说书先生于秋生有时到浙江嘉兴、海宁等地去说书，看到了当地皮影戏，便产生了浓厚的兴趣。回来后，找到了一位裁缝师傅程祥生，自己画影图形，就这样制作了最初的皮影人物道具。于秋生能说会唱，程祥生也会多种乐器，两人合作创作了演出脚本，此后，请本地器乐高手金连章组织了一班乐手，皮影戏演出班子就这样成立了。

20世纪30年代开始，本地一位名叫唐宝良的裁缝师傅开始跟于秋生、程祥生学习皮影戏，唐宝良熟悉各种戏文，也很能唱本地山歌，善于制作皮影人物道具，在于秋生、程祥生、唐宝良几个人的合作下，皮影剧目越来越多，唱腔也越来越丰富。齐贤皮影戏班除在本地演出

> 古装皮影

外，还经常去毗邻的青村、萧塘、庄行、光明等地演出，还与塘北七宝一带的皮影戏班联袂演出。

齐贤皮影戏演出时间一般在秋收后的农闲季节以及节场庙会。夜晚在刚收割完毕的稻田里或是村宅场地，支起一块以棉白布制成的约1×2米的长方形绷架（俗称靶子），用汽油灯或其他光源在背后打光，就可以演出了。演出从黄昏一直到深夜，甚至凌晨，一般一个场子连续要演出好几天，甚至一月有余。

齐贤皮影戏的人物、道具都为艺人自行制作，用牛皮削薄（后也曾改革采用赛璐璐）刻制而成，头、手、肢体分别制作以线联合，配以诸般道具（如刀枪剑戟等），绘上色，便可由艺人操纵，演绎千秋古今，人生百态了。

齐贤皮影戏以齐贤方言演唱，曲调选用本地山歌、苏滩调及海宁派皮影戏调，经糅和形成独特的“皮影腔”。曲调音域宽广，一般在D～d之间，唱腔开头亦如沪剧基本调的叫头，以散板形式开始，然后进入2/4拍的节奏，以后就是落腔。中间部分的唱句根据剧情需要定长短。伴奏乐器有唢呐、二胡、笛子、琵琶（或三弦），及鼓板、锣、钹等打击乐器。演唱部分细乐娓娓动听，打斗场合，鼓板、锣、钹配合紧凑，独特的音乐自成一体。

> 儿童皮影

演出节目往往无固定剧本，常由艺人口诵整理，久而久之，约定俗成，逐渐形成口授剧本。

解放后，国家对民间文艺的继承发展非常重视。1960年，上海群众艺术馆曾组织本地及湖南、陕西等地的皮影戏班社于上海音乐学院作交流演出，齐贤皮影戏社也派人参加。十年动乱期间，皮影戏被列入“四旧”禁止演出，道具大多烧毁。

80年代初期，齐贤文化站着手开展皮影戏的抢救和继承工作，组成了以唐宝良为班首的“齐贤唐家班皮影戏”，在齐贤茶馆等地恢复演出。2001年2月，奉贤县文化局成立了上海市奉贤皮影戏艺术研究所，下设皮影戏演出团，演出团含两个演出班子，一个是以唐宝良为班首的中老年人演出队，主要演出传统皮影戏剧目，班子成员平均年龄70岁；另一个为齐贤文化站业余文艺演出队，主要演出儿童课本剧，他们的平均年龄在40岁。同时创作人员致力于传统皮影戏剧目的整理和创新，形成固定的文字剧本和音乐曲谱。经整理创新的传统皮影戏剧目有《薛丁山别师下山》、《大战琐阳城》，创作了《智斗大灰狼》和《守株待兔》等儿童皮影剧。

2002年5月，原金汇镇、齐贤镇合建成金汇镇，该镇文广中心重新组建了金汇镇唐家班皮影戏演出队，使皮影戏艺术在原有基础上有所提高。2005年编排了《龟与鹤》、《东郭先生与狼》两部儿童皮影剧，这些儿童皮影剧都以普通话演唱，配以现代音乐。

2. 清代戏曲家黄之隽

黄之隽（1668～1748），字若木（一说石牧），号痦堂，晚年号石翁、老牧。祖籍安徽休宁，华亭陶宅（今青村镇陶宅村）人。6岁入学，15岁中秀才，但乡试不第，直到清康熙五十九年（1720）中举，年已53岁；第二年中进士；雍正元年（1723）起，任翰林院编修，未几充日讲起居注官，参与编撰《明史》，旋视学福建；雍正三年（1725）升为右中允，次年转为左中允。后因秉公办案，受抚臣弹劾，去职回京。在翰林院又被科臣疏劾，不久被革职。归家后，应江浙两省礼聘，纂修《江南通志》，任总裁。年八十一而卒。

黄之隽是清代著名诗人、藏书家和戏曲家，著作有《吾堂集》、《香屑集》等。他学宗程朱理学，其诗作格调清新，但文字较古奥，时为艺林所推崇。他喜爱戏曲，著有杂剧《四才子》，包括《郁轮袍》、《梦扬州》、《饮中仙》和《兰桥驿》，每种四折，各自独立，取材于《太平广记》。通过王维、杜牧、张旭和裴航的故事，揭露科举制度的黑暗，当时传唱极广。

另，黄之隽写过一篇文章《浚青村城濠记》，与奉贤当时的县名有关。文中称"我郡诸水以泾、港、塘、汇名者百数，奉贤者泾之一也，华亭既分，遂以名其县治"。提出了奉贤县名由"奉贤泾"而来。在立县三十二年，黄之隽亡故后十年，乾隆二十三年（1758），奉贤第一部县志——乾隆《奉贤县志》十卷编纂而成，志书中又提出"奉贤者以其地有奉贤街，相传子游曾至其地，故以为名"。同时在县志中也收有黄之隽的这一篇《浚青村城濠记》。奉贤县名由来之"言子（言子是孔子学生）说"和"奉贤泾说"从此始，以后的一切史料提出的两说都以此为根据。

3. 沪剧之乡

奉贤地处浦南，被誉为"沪剧之乡"。每个乡都曾有过业余沪剧团，创作剧目更是屡屡得奖。据统计，解放以来，奉贤业余戏剧作者四十余人，创作剧本（以独幕沪剧为主）一百余个。在省市报刊发表十余个，在市级会演获奖三十多个。

早在20世纪二三十年代，沪剧的前身——滩簧已在奉贤乡间流传。沪剧表演接近文明戏（话剧），舞台语言是浦东方言，沪剧曲调大多从江南小调演化而来，好学易唱，优美动听，因而深受群众欢迎。农民劳作之余，常自拉自唱，哼几段沪剧自娱。农闲之时、逢年过节，或请戏班来乡里演出，或自建剧团，登台演出。

解放初期，带着翻身的喜悦，各乡农民纷纷建立业余沪剧团，演员大多在夜间排演，不拿任何报酬，添置服装道具的钱则大多由镇上商会筹集。1950年，全县成立几十个业余沪剧团，演出《白毛女》、《刘胡兰》、《九件衣》、《罗汉钱》、《小二黑结婚》等沪剧，各乡之间还相互邀请交流演出。1953年，刘港乡（现在西渡镇）业余剧团曾参加松江专区汇演，演出沪剧《小女婿》、《金黛茉》，获得一等奖。1964年，青村公社的沪剧《老积极》在上海市文艺会演中获得创作奖、演出奖。

70年代中期正是“文革”后期，沪剧界著名演员丁是娥与沪剧团两位编剧一起被安排到青村公社姚家大队牧场养猪，当地干部群众对她关心照顾，丁老师和当地县文化馆的人员成了好朋友，常在养猪之余，帮助县文化馆改剧本，排演小戏。1975年，由塘外（地名）作者彭福创作县文化馆排演的沪剧小戏《迎春花开》经丁老师他们帮助修改、在市会演中获得好评。当时奉贤业余作者创作沪剧小戏《迎春花开》、《抢担》、《追猪者》等，都由市沪剧团进行移植演出，并获得好评。“文革”结束丁是娥担任市沪剧团团长后，曾多次率解洪元、石筱英、邵滨荪等沪剧界元老及编导、演员来奉贤，她高兴地称之为“回娘家”。

专业与业余相结合，使奉贤沪剧小戏有了新的突破。1979年，时任县文化馆创作干部的钱光辉创作了反映农村改革的沪剧小戏《说话算数》，在市群众业余会演中获得了一等奖。随后，描写农村改革的小戏不断涌现，《春风吹进小阁楼》、《三接新娘》、《鸡鸣万家》等好戏登上了农村业余文艺舞台，在市会演中纷纷获奖。当时，肖塘乡一位初学创作的农村姑娘韩群华第一次动笔，就写出了一个十分动人的剧本

> “文化下乡”演出受到民众欢迎

《不该枯萎的小花》，在文化馆老师指导下，八易其稿，终于完成剧本创作。这个小戏在市内获得一等奖，在1985年文化部举办的全国小戏评比中获得创作二等奖；金汇乡和头桥乡的《打新娘》、《鸡鸣万家》参加市农村业余戏剧创作交流演出全部获奖，奉贤沪剧小戏由此闻名沪上。

1987年，由四团文化站站长严志东创作，县文化馆周立中导演的大型沪剧《红玫瑰》，在市农村戏剧院演出，获得创作二等奖、演出一等奖。继《红玫瑰》之后，奉贤业余创作年年有好戏，每届都有获奖作品。

奉贤之所以成为“沪剧之乡”，还因为有广泛的群众基础，沪剧活动在各乡普遍开展。头桥乡从1994年起连续7年举办“沪剧回娘家”活动。1997年这个乡举办规模盛大的沪剧六代同堂演唱会，展现了男女老幼同唱沪剧的动人情景，得到市沪剧界的好评。

在沪剧演唱中，各乡涌现了不少尖子。出身农民家庭的泰日镇女青年吴春华，1999年参加市青年戏曲大奖赛，获一等奖。邬桥镇青年曹家龙在1995年参加上海市青年戏曲演唱大奖赛，荣获一等奖；农民出身的倪福明、姚虹也都曾在市级沪剧演唱赛中获得一等奖。

4. 表演唱

奉贤的表演唱以表演为主，注重视听的综合效果，演员是用沪语演唱说表的，所以人们也称它为沪语表演唱。

奉贤的表演唱有广泛的群众基础。20世纪60年代初《毛头姑娘学耕田》是当时影响最大的女声表演唱节目。在“上海之春”群众文艺专场中受到专家与观众一致好评，从而确定了奉贤表演唱的地位。

进入80年代，奉贤各乡都办起了“文艺工厂”，每年都要举办群众文化会演。马贵民创作的表演唱《夸夸农业现代化》是这一时期的代表作，作品反映了粉碎“四人帮”后上海郊区农民奔“四化”的喜悦之情。傍晚时，三对老夫妻去村里观看文艺演出，老头肩扛长板凳，老太手拿蒲扇，一路边歌边舞，唱出了深情，舞出了欢欣。该节目曾被邀请到中南海怀仁堂为中央首长表演。借此东风，表演唱的创作、排演像雨后春笋一样，在奉贤各乡镇蓬勃开展起来，出了一大批好作

> 民间越剧活动

品，如塘乡的《葡萄架下》、《解愁歌》，泰日和四团联合创作的《放鸭》，奉城乡的男声表演唱《秧苗青青》和庄行的表演唱《喜回娘家》等。这些作品丰富了农村的文化生活。

90年代，广大群众文艺工作者同心协力，又创作排演了一大批较有艺术品位的表演唱。如：《马大嫂咏叹调》、《出征》、《倒插门》、《游龙宫》等四十多个表演唱，深受广大群众欢迎。

[五] 民间绘画

1. 灶　画

俗称“灶花”、“灶头花”，亦与灶头文字配合。是农村特有的民间绘画艺术。1990年前，奉贤区农家户户砌有灶台，灶画、灶字成为天

天品读的精神食粮。灶山墙上均绘有装饰图画，内容有五谷丰登、家畜兴旺、山川景物、花鸟树草、灶画以鲤鱼跳龙门、山水花卉为多。解放后，灶画引入新内容，有“听毛主席话，跟共产党走”、“勤劳动丰衣足食、讲卫生延年益寿”等。一个福字更不能少，灶的侧面，写有“日出斗金，火烛小心”等字样。原大多用墨水作画，黑白分明，后逐渐用水彩颜料作画，色彩鲜艳，五彩缤纷，煞是好看。画画艺人均是泥水匠，砌灶画画一人所为。解放前大户人家则以明君人物、飞禽走兽作灶画为常见，须由高手绘就。奉贤历史上较有名的有庄行镇渔沥村杨友仁(已故)、耀东村的沈德福(已故)，都以砌灶画画为擅长。现有庄行镇牛桥村张金龙，为后辈中的佼佼者，其花鸟图尤为出色。

2. 烙　画

烙画又称烫画，是在我国古代民间“烙花”基础上发展形成的一种独特画种。其时，民间艺人用铁丝或铁条，在火上烧热烧红，然后在竹木等器具上烫出各种花纹图案，谓之“烙花”、“烫花”。现代烙花则将电烙铁通电加温后，在竹片、夹板、纸绢、布料等材料上作画，烫烙呈现出深浅不同、黑白不一的褐色图案。在烫烙过程中，远、中、近、深处理，快慢有别，着力不同，形成有浓有淡，似远似近，若实若虚的生动画面。

现代奉贤烙画的代表是青年烙画家卫太一，他原是星火农场职工，原籍奉贤头桥，曾创办过上海太一烙画院。他从一位民间艺人那里学到了烙画这门艺术，将线描、素描、木刻、国画、油画、水彩画等诸种技法融于一体，使他的烙画既有西洋画的神韵，又保持了中国民间艺术古朴、典雅、清新的艺术风格。1991年卫太一用了3100个小时，将明代著名画家吴伟的国画《长江万里图》变成高2.44米，长101米的烙画长卷，创下了世界之最。画面上山峦嶙峋，古木森森，江水滔滔，观者无不叫绝。第一届东亚运动会期间，上海市政府向国际奥委会主席胡安·萨马兰奇赠送的礼物中的一件就是卫太一创作的一幅长1.2米、宽1米的黄杨木夹板烙画。画面上烙着萨马兰奇的肖像。背景是万里长城和一群展翅飞翔的鸽子。萨翁接过这幅烙画时，非常高兴，爱不释手。卫太一曾被邀为澳大利亚前总理基廷烙画肖像。

奉贤卢湾一位烙画代表是邬桥乡叶家村宋国俊，他创作具有新意的烙画作品二百五十余幅，其中山水画80幅、人物画40幅、花鸟画一百三十余幅。主要用于办公室、接待室、会议室装饰，也有个人专为新居装饰。作品多次在县级书画展上获奖，1995年《东方城乡报》作专题报道。

3. 松江派画家宋懋晋

明朝万历年间，在我国绘画史上，上海松江地区兴起了华亭派、苏松派、云间派三个山水画派，总称为松江派。其代表人物有董其昌、顾正谊，宋旭、宋懋晋、孙克弘、赵文度、沈子居等，而其中宋懋晋为奉贤人。

宋懋晋，字明之，今邬桥镇牛桥村人，是明代隆庆二年（1568）进士，曾官至信阳知州、福建惠州知府，他是华亭画派的主要代表人物。宋懋晋自幼聪敏绝顶，见牧童驱牛放牧，就能涂画于壁上，很为神似。他性好读书，年渐长，即厌弃功名，无意仕途而酷爱艺术，放浪山水，寄情画苑。家有古画，他日夜临摹。后来，又向寄寓于松江的名画家嘉兴人宋旭学习。宋旭授以宋元遗法，技艺日精，山水得宋代画家赵伯驹、元代画家黄子久笔意，融会贯通，自成一家。他所作仙山楼阁之图，经营位置，恰如其分，为时所称。兼善写松，题跋尤奕奕有风韵。明万历十三年（1585）作山水扇，泰昌元年（1620）作山水图。其金陵二十四景图册，现藏南京博物院；有杜甫诗意画册十二幅，今存上海博物馆。

现代画家黄宾虹（1865～1955）所著的《古画微》，对明代华亭派有介绍，其中评宋懋晋“其从宋旭受业者，有宋懋晋，字明之，善诗画，山水参宋元遗法，自成一家。而赵文度、沈子居，又从学于宋旭与宋懋晋之门，而为华亭后起之秀。”

4. 指画家滕白也

滕白也(1900～1981)，名圭，奉城高桥人。自幼家贫，7岁喜画。民国十一年（1922)，经人资助入东吴二中求学。毕业后免费进东吴大学。两年后留学美国华盛顿州立大学，习雕塑，进修硕士学位，塑该校矿学院采矿全景，以代硕士论文。又从西雅图东游纽约，沿途在芝加哥、旧金山等地博物馆举行指画画展。抵纽约后，为长岛儿童博物馆塑《马可·波罗会见成吉思汗》蜡像。复由司徒雷登推举，获燕京大学奖学金，入哈佛大学研究院进修博士学位，论文题为《流散在外国的中国文物的调查和评价》。民国二十一年（1932），应英国一大学邀请，离美赴英，一度任英国皇家美术、科学、贸易学院院士，接着，又游历法、德、荷兰、比利时、意大利等欧洲七国，从事文化交流活动，介绍我国传统的指画艺术。回国后，相继任燕京大学文学系美术史论讲师、上海美术协进会理事长，并设白也雕绘画馆，兼授上海美术专科学校及沪江大学美术。民国二十四年（1935），获南京中山先生塑像竞选第一名。旋应聘中山文化教育馆雕塑专员，所造公私铜像多见于京沪各地。抗战期间，辗转桂林、重庆、成都之间，从事创作活动。解放后，任上海卫生学校模型厂技师。1957年后，沉默乡里。1980年，党的政策得到落实，任职于上海文史馆。

滕白也的指画，把笔墨技巧，用于手指，化庸为奇，化俗为雅，并借鉴聋道人、金莲头、高其佩等前辈技艺，卓然成家。张浦山称其指画“雨烟远树，蓑笠野翁，云气拂拂，更为奇绝”。其作画手法也异于他人，能以指尖、指背、掌心、指侧等作画。或作巨幅山水，或作小幅花卉；或横，或直；或墨，或色，气势神韵，往往笔所不能到而指能尽其长。常画的是荷塘鸳鸯、红苞翠羽，相映生姿。画就以指提款，取其浑成一体。曾为不少国外博物馆和艺术家所争购、收藏。

民间文学
玖

[一] 民间歌谣

1. 童　谣

昔时，母亲哄孩子睡觉，或孩子们游玩的时候，经常会吟各种童谣，其普遍流行的有：

《摇到外婆桥》　“摇啊摇，摇到外婆桥，外婆叫我好宝宝，一袋糖，一盒糕，河浜里厢提条鱼来烧，青菜落苏（上海方言：茄子）味道好，外婆看我成绩报告单，连声夸我读书好，宝宝听了乐陶陶。”

《拍大麦》　“一箩麦，两箩麦，三箩开花拍大麦。噼噼啪，噼噼啪，来年讨个新舅妈，讨了一眼勿（一点儿不）下咋（聪明）。叫伊挑挑水（念“si”），驳起屁股摸螺蛳；叫伊烧烧饭，烧了一镬白和蛋；叫伊烧烧茶，烧了一镬赤炼蛇；叫伊织织布，布机头浪撒堆污（大便）。登勒娘家贪懒惰，到了婆家要吃苦。”

《笑》　“开心来，满屋笑。奶奶笑，穿新袄；爸爸笑，入社了；妈妈笑，进民校；哥哥笑，能练操；我也笑，上学了。哈哈哈，哈哈哈，全家笑声高，齐夸共产党好！”

《赵小小》　“赵小小，年纪小，年纪小，志气高，放了学，割猪草，猪草多，两蒲包，两蒲包，猪吃饱，猪猡大，尾巴摇，小小看见哈哈笑。”

2. 小调和其他歌谣

小调，宋时称“时调”，清代以后叫“时事新调”。民国初年，大量流入本地，歌手们称之为“新派山歌”。很大部分不是劳动人民创作，内容复杂，不健康的成分很多。在本地流传的小调种类很多。主要有银绞丝、五更调、哈哈调、连发调、春调等。

其他歌谣有农民革命歌谣、大革命时期歌谣、抗日战争和解放战争时期歌谣。

除此外，另有一部分为仪式性的，或为宣扬因果报应的，曲调性不强，近于吟诵。

3. 奉贤山歌

奉贤山歌，源远流长。在清末民初，奉贤各地甚为流行。据歌手们说，山歌的开山鼻祖是汉代的张良。很多开场山歌唱道：“馋唾不是潮来水，喉咙不是响铜铃，山歌不是伲肚里造，张良原是老祖宗，张良唱拨（奉贤方言：给）韩信听，自古流传到如今。”山歌手爱好一致，拼档搭配，不仅劳动时唱能解闷，在夏夜纳凉时唱以自娱，群众基础甚为深厚。

奉贤山歌按地区分，通常称“东乡山歌”和“西乡山歌”。从形式上可分大山歌和小山歌两种。大山歌在西乡流行，小山歌以东乡为主。其中，属于小山歌范畴的长篇叙事山歌《白杨村山歌》等，与青浦等地区一起以“吴语山歌”项目，由国家文化部批准列为全国第二批非物质文化遗产保护项目。

(1) 大山歌

大山歌一般在农田劳动时集体歌唱，弯腰做活时唱得尤多，歌手一般为男性，歌声能起召唤出工的作用。大山歌包括吆头山歌、劳动号子、踏车山歌等，内容简单，衬词繁多，曲调高亢，气势豪迈，声音拖得很长，唱时较费力。大山歌在西乡流行之因有二：一是靠近松江和金山，该地区大山歌较发达，受其影响；二是西乡水田多，宜于唱大山歌，东乡土质差，棉田多，棉田锄草时不宜唱大山歌。另有一说为东乡语言硬，难以学唱西乡山歌。

吆头山歌有三吆头和五吆头等。三吆头流传于青村、金汇一带。五吆头以江海最有代表性。吆头山歌从集体劳动中发展而成，有独唱到几人轮唱、合唱，音乐语言有鲜明的民族风格，节奏自由，音调高亢，气势豪迈。

踏车山歌是长工们踏水车时所编唱，一般是两人唱，三人吆。内容有结合劳动，亦有抒情，大半是从小山歌中衍化而成，西乡合唱者甚多。曲调简单，节奏自由，感情豪迈。调式分一句头、两句头、四句头等几种。如：车水要唱车水歌，九十六只小鸭（水槽上的榳头板子）流下河，十二只香瓜榔头（三人踏轴上的踏脚榔头）团团转，青龙劈水，浪花多。

(2) 小山歌

小山歌唱腔凄婉动人，故又称“平山歌”或“呆山歌”。西乡的小山歌通常两人唱，东乡为一人唱。小山歌因曲调较低平，被东乡的歌手称为“话歌”。《长工歌》等农民歌谣，唱出了农民生活的困苦和对财主的不满及反抗；《卖盐谣》等渔民、盐民歌谣，内容反映渔民、盐民生活的贫穷困苦和对官府、船老板的反抗。花名山歌在东乡较流行。它的曲调是东乡小山歌的基本曲调，它在形式上的特点是，每段开头唱一个月份及本月所开花名。一般唱十二段，十二个月份，十二种花名。大体上分叙事山歌、古人花名和知识花名三类，尚有劝人戒烟的“洋烟花名”、写抗日战争的“抗战花名”等。

四六句情歌和山歌段子。情歌在山歌中占相当大的比重。有“无郎无姐勿成歌”之说。其主要内容是反映封建婚姻制度的迫害和束缚，叙述男女真诚的爱情。

情歌中，有些有一定情节，但故事不完整，称之为“山歌段子”，既可独立，又可在叙事山歌中出现，故又称“套头山歌”。

山歌中儿歌数量较多，其内容为反映封建社会阶级矛盾的；表现封建社会妇女痛苦生活的；对儿童传授各种知识的。

(3) 长篇叙事山歌

《白杨村山歌》 是一首描写爱情的民间长篇叙事山歌。其作者据传是一位受白杨村杨姓财主迫害而被羁押牢房的歌手，他把满腔愤怒发泄于歌中。其基本情节是描写了方大姐结识了摇船哥哥薛景春，两人私定婚约，在封建礼教束缚下，方被迫嫁给白杨村有钱有势的杨敬文，方大姐和薛景春这对恋人，只能落得悲剧结局。从山歌所描写的人物服饰来看，此山歌当产生于清朝年间。整首山歌分“卖田瓜”、“织手巾”、“汏(方言：洗) 手巾”、“嫁姐”、“讨妻”、“抬轿”、“哭嫁”、“送姐”和“寻姐”等正歌18节，外加歌头、歌尾，歌词长达三千一百多行。山歌句式多变，活泼自如，修辞上大量运用明喻、暗喻、双关语等，生动形象；语言上继承了“吴歌”传统，具有浓郁亲切的江南风味。唱时一般由两人分上下手唱，上手叫“头歌”，先领唱两句，下手叫“吊花”或“踏脚壳”，跟上手重复一遍。东乡大多为独唱，不用帮腔。一节山歌大约可唱一个半到两个小时。

如“汏手巾”唱词节选：

日出东方一点红，

十棵桃树九棵红，

一棵为啥勿曾红？

旁边有个蜜蜂洞。

姑娘但看见满树桃花红里泛白、白里泛红、三等四样花颜色，

蜜蜂摘花闹动动，

雄蜜蜂摘花驼（方言：伏、趴）在花边上，

雌蜜蜂摘花站在花当中。

姑娘看看细小蜜蜂能聪明，

拿仔手巾甩蜜蜂。

毛巾落在沾蓬封（方言：灰尘），

沾蓬封来染蓬尘（方言：灰尘），

姑娘要到荷花缸里去汏手巾，

姑娘拎仔手巾来到小庭心，

荷花缸一只摆在劈当中，

看看荷叶莲蓬合根生，

……

《白杨村山歌》在奉贤，特别是西乡一带的江海、庄行、萧塘、邬桥、齐贤和金汇等地区极为流行，它的曲调是西乡小山歌的基本曲调，较有名的歌手有萧塘的韩戴根（又名小保正）、南桥的唐银山、齐贤的朱炳良（唐之传人）、庄行的何祥荣和江海的吴德亮等。此山歌代代相传已有一百二十多年。中间几经中断，至1986年，尚能完整地唱完者，要数齐贤的朱炳良。

《林氏女望郎》，又称《红小姐望郎》是一首反映男女婚姻自由的长篇叙事山歌。基本情节是叙述姑娘林氏女结识书生姚喜春，一见钟情，私定终身的故事。后姚回家得病，林闻讯前往探望，一直至姚病故。在庄行一带另有唱法，是叙述姚病故之后，姚的妹妹姚八妹劝林

留在姚家，林不听劝告回家，林家以触犯家教为名，逼林自尽。后姚八妹出嫁，将一子立嗣姚家，孩大当官，奉旨为姚、林建造牌坊，此唱法今已失传。

全歌由“歌头”、“踏郎墙”、“踏墙门”、“踏庭心”、“踏大厅”、“踏书房”、“踏郎房”等段组成，全长近2000行。该山歌除具备山歌的一般特点外，它的句式特别工整、优美，讲究对仗，每个层次衔接之处，用了相同的转换语句，歌手称该山歌为“硬山歌”。

如“踏大厅”唱词节选：

……

林姑娘八只交椅看完成，
坐上交椅脚来歇。
八妹吩咐丫头泡香茗，
丫头听罢就动身。
开脱两扇碗橱门，
金镶边茶盏拿端正；
金茶碗一对索啷啷放勒盘中心，
碗中氽着十样好香茗。
头一样西山湾里老龙嘴里龙井双芽仙草叶，
第二样桑子莲肉共蟠桃，
第三样河南枣子长三寸，
第四样河北桂圆重半斤，
第五样西洋荔枝半爿形，
第六样广东葡萄八角生，
第七样橄榄泡茶回味香，
第八样仙鹤茶叶撮两芒，
第九样桔饼相拌洁白糖，
第十样雪白糖放仔一大把。

……

因为歌中的戏文有根有据，不能唱错。但流传至今，已有不少变异和漏忘，至1986年能够从头至尾唱完《林氏女望郎》的歌手有齐贤的朱炳良和邬桥的方梅春、方雨康等人。

(4) 奉贤山歌班

奉贤山歌在棉稻地区最为流行，和劳动生产的关系特别密切，唱山歌最活跃的时候，正是天气最热、农活最忙的季节。由于山歌手们爱好一致，经常在一起拼挡搭配，互教互学，特别像大山歌，至少要七八人或十二三人一伙，唱时各有所长，不能代庖，彼此配合十分密切。他们在生产上也就不想拆开，农忙时在自愿互利的原则下，常以换工（伴工）形式互相帮助，结成劳动组合。由此，“山歌班”就产生了。旧时，那些跟山歌手们一起劳动的雇农，边听山歌边劳动，歌声不停不歇手。财主看到唱山歌对生产有利，就设法笼络山歌手，以便在农忙季节吸引更多的雇工，刺激雇工的劳动积极性，这样，山歌班就逐渐被财主们利用。

山歌班各地都有，像南桥山歌班于全盛时期的民国十年（1921）至民国十三年（1924）中，不仅在南桥一带活动，还应邀到外乡去唱。民国十四年（1925），由于“台柱子”小毛和、姜和、薛和等先后去世而拆班散伙。

(5)“山歌大王”朱炳良

奉贤山歌源远流长，奉贤素称“山歌之乡”。在众多的山歌手中，只要一提起唱山歌，大家就会说起奉贤的“山歌大王”朱炳良。

朱炳良是齐贤镇龙潭村人。1911年出生于贫寒之家。其祖父朱关、父亲朱生都为乡村裁缝。朱炳良12岁开始先后给4户财主当过小长工，放牛割草，种田打杂，短则数月，长则满年，这中间，或因手指割破被辞退，或不堪超量劳作而中辍。

朱炳良从14岁起，开始从兄学裁缝，一直到16岁满师。自此，除租种3亩土地外，靠外出缝衣帮工为生，一直至1949年解放。他一生未进过私塾、学堂之门，故其在唱山歌出了名后自嘲为“叫化状元”。

朱炳良从小见长工在劳动时你唱我和对山歌，耳濡目染，10岁就能跟着哼哼，12岁便会编唱小山歌。做小长工时，见财主家孩子上学，便能随口编出“天上乌云薄绡绡，穷人小囡最苦恼”的山歌。他母亲见他喜欢山歌，便在他15岁那年，让其拜原江海镇张翁庙村的“山歌

大王”唐银山为师。《白杨村山歌》、《林氏女望郎》和《严家私情》是奉贤地区3首长的叙事山歌，歌词共达六千多行，一般歌手视为畏途，他却全部学会，且唱得情真意切。

解放后，他除了唱传统山歌外，即兴编唱了很多歌颂党的政策和农村大好形势的山歌。他编山歌的本领很大，听到的，看到的，他只要稍微想一下，便会有腔有调地唱出来。朱炳良唱山歌出了名。曾代表奉贤参加松江地区民歌会演和上海郊区群众文艺会演，到华东师范大学、上海市群众艺术馆等单位做过示范表演，得到一致好评，成为上海地区闻名的“山歌大王”。

为了保存资料，他请人记下密密麻麻几大本歌词，包括传统的和自己创作的，足有十万多字。可惜在“文化大革命”中被焚毁，但他相信还会有放歌之时，便每晚睡在床上默念温习，一练便是三四个小时，十多年里从不间断，毁去的歌本牢牢刻印于脑海。

1982年，年已古稀的他和另两位歌手——邬桥耀光村的王炳桃及新光村的方梅春，一起应邀参加上海民间文学艺术讨论第二届年会。

在上海市文联大厅里，朱炳良演唱了《白杨村山歌》和《林氏女望郎》的选段，特别是一口气演唱的一百多字的急口功，博得满堂掌声。适逢土耳其民间文艺协会主席来沪访问，听完他的演唱，激动得拉着他的手合影留念。不久，他演唱的《严家私情》、《林氏女望郎》和《白杨村山歌》，相继发表于《民间文艺集刊》第3、4、5期，引起了学术界的注意和重视。

1980年，朱炳良加入中国民间文艺研究会上海分会（现为上海民间文艺家协会），1984年，又成为中国民间文艺研究会（现为中国民间文艺家协会）会员，1986年6月11日，朱炳良因病逝世，终年76岁。

4. 哭嫁歌与哭丧歌

姑娘出嫁临上轿时，由母女对唱。调式一般以奉贤田歌为基调，曲调哀怨婉转，比之于田山歌则要显得低沉柔美，富有叙事性。旋律、节奏随内容而随意变化。内容有常规的，也有即兴的。母亲的开场唱一般为“囡啊，囡啊，实侬（你）到婆拉去来，要……”后面的内容多为叮嘱女儿下嫁后要适应环境，学会做人之类。囡的开场唱一般为“娘啊，娘啊，囡末舍勿得离开侬啊……”后面的内容常抒发依依不舍之情。每当唱得双方感情奔涌时，往往母女相拥相抱，热泪盈眶，观者无不动容。现在哭嫁歌已淡出人们的视线，但民间仍有一些年老的哭嫁歌手。20世纪60年代初，上海群众艺术馆曾与奉贤文化馆一起采风编辑出版了脍炙人口的《哭嫁歌》一书，成为宝贵的文化资料。

数百年来，哭丧习惯一直流传在奉贤，直至今日。哭丧是举办丧事的一项重要内容。人死后，可以不念经，可以不请“吹打”，但没有一家是不哭丧的，因为哭丧是表示对死去的亲人的一种追思和哀悼，悲哀之情喷薄而发是人之常情。哭丧者一般为死者的直系亲属、旁系亲属乃至亲朋好友。其中有的是抒发真情实感，而有的则是碍于情面、囿于礼节而敷衍之举。哭丧内容随哭丧者与死者的关系而各不相同，多为即兴创作，有怀念，有婉惜，有诉苦，更有所谓“借囡哭妇”（请专人来哭）者。哭丧周期较长，从死者离世而去的顷刻，一直到丧葬日，以后每逢做“七”，均须哭丧，直至断“七”，而每逢“周年”仍须哭丧。哭丧曲调悲惨忧怨，节奏较慢，叙事性强，以小调式为主，常落在“2”音上。

进入21世纪后，哭丧有了新的发展，一些年轻人在亲人离世后，内心想哭，但一时哭不出来，或哭不来，于是，近几年来，在奉贤地区产生了一个新的行业：专业哭丧人。每逢丧事，由东家聘请，专为各类角色代哭。哭唱者均为女性，常有一定的演唱基本功，年龄一般在40～60岁之间，有的以前参加过文艺宣传队，有一定的表演才能。哭唱内容除固定程序外，一般由东家提出要求，再由哭唱者自编，整个过程实际上是一场特殊的演出，有时哭唱者进入角色后，声情并茂，会引得东家有关人员触景生情，也随着号啕起来。曲调也由以往的民间山歌调发展到沪剧、越剧等曲调，并由二胡、三弦等乐器伴奏，报酬由东家自定，对于表演精彩者，常常会加赏金。有的哭丧者已与“吹打”班合作，相互推荐串连，共同经营哭丧业。

[二] 民间故事

1. 概　述

奉贤得名，也有其历二千多年来美丽动人的民间传说故事：谓孔门高徒言偃，尝过斯地。古城青村有言小词，衢道又有奉贤一街。十口相传，百口巷诶，云即子游往行讲学所到，援为崇奉贤人，嘉名“奉贤”据此，奉贤民间故事历史，源远流长，底蕴深邃。

奉贤自唐至清雍正均属华亭县，雍正四年立县。港海桑田，世事嬗变。华亭县唐天宝十年建，宋代有淳熙甲辰状元及第的民间故事：卫注系华亭萧塘（今邑境）人，为华亭状元第一人，里人为之骄傲，钟灵毓秀，娓娓讲述，乐之到今。明嘉靖年间，倭犯沿海乡市，里人奋起抗击，至今流传着诱杀“野人”、“倭子”的动人传说和“烟墩头”、“野人村”、“倭子坟”、“天灯下”、“六里墩”等有关抗倭斗争的地名故事。有明末清军南下，志士何刚辅助史可法坚守扬州，中书李待问以身殉国；千户李唐禧兵败被俘，大骂不止而死的故事；更难得的是高桥妇女、明永宁王世子妃彭氏，聚众数千，矢志抗清，连克10州县，被俘后坚贞不屈、视死如归的英雄故事，传颂至今。

江南水乡奉贤，素有“桥乡”之称。从始建于宋代的“通建桥”算起，现存古石拱桥12座。座座石拱古桥有桥名，座座桥名出故事。人们常在村头田间、柳荫深处，或夏夜纳凉，或茶后饭余，悠悠然地讲述着有关“退孽第一桥”、“凤喈桥的传说”、“换糖人造桥”、“介福集贤桥”、“金汇桥的传说”和“罚布桥”等等桥乡的桥故事。其中尤以始建于明永乐年间的“高桥”的故事为多，有“高桥吓跪刁瘟官”、“乾隆皇帝看高桥”和“徐阶巧辞返故里”，显见桥乡的桥故事丰富多彩，饶有情趣。

奉贤邑境拥有31公里海岸线和13公里江岸线，特定的地理位置，孕育了地域特色鲜明的民间故事。唐开元始筑捍海塘过境。清雍正年间海浪冲毁元大德塘，圣谕通政司参议俞兆岳权总理“华亭东石塘”，善举历十年。人们至今还缅怀俞之功德，传颂着他的故事，如“九思堂严惩恶霸”和“满载归京都”。唐宗玄元年，奉贤邑境始设“徐浦盐场”起，斥卤滩涂、煎熬制盐连绵。昔时盐斤走私缉私流弊甚深，盐警以缉私为名，勒索盐民，甚至杀人越货。清光绪年间，缉私勇常窜至洪庙一带扰乱，激起盐民反抗，将哨弁等十多人悉数击毙，毁尸灭迹，残骸投入杭州湾，由此，产生震惊朝野的“洪庙盐民暴动”事件，后衍生出“洪庙盐暴动故事”。嗣后，又传出地名“白衣聚”的民间故事。故事讲述在洪庙暴动事件中，时驻知县陈熊才，下跪苏州臬台为民请罪求恕，并怒不可遏地痛斥盐警“缉私贩私，捕盗为盗”尖锐八言，而喷血猝死堂上，噩耗传来，十里盐斤团灶，百里斥卤灶户，披麻戴孝让候里护塘，迎送陈之灵柩而地名曰“白衣聚”。

2. 口头文学团队

民间故事作为一种口头文学，世代相传。解放后，基于文化人的加入，民间故事的搜集，整理、创作、讲述以及人员培训等，面目全新；20世纪50年代，业余故事活动在奉贤地区蓬勃开展。它先从共青团组织着手，从创作先导，编写出一批新故事，并搜集整理民间故事三百多个。市出版部门和市群众艺术馆遂在本地区召开现场座谈会，宣传部门先后编印《奉贤民间故事选》和《奉贤革命斗争故事选》。期间，村村有故事员，活跃于茶馆、菜场、广场和田头，甚至登茶馆挂牌宣讲，共达一千多场次，听众十万多人次。故事篇目有《一钿如命》、《干剃头》、《苏公公救小刘》、《庙清港优击战》、《雷锋》、《创业史》、《与海争田》、《一把镰刀》和《血泪斑斑的罪证》等三十多则。故事活动中，青年农民陈头培较为知名，二十多年来，共讲故事一百多个，二千多场次，听众有三十四万多人次。中央人民广播电台和上海人民广播电台均播放过他所讲的故事。

跨入21世纪之时，在奉贤“敬奉贤人，见贤思齐”的文化传统孕育下，涌现出“见义勇为”、“十佳和谐家庭”、“十佳真情故事”和“十佳敬老孝星”等新故事，丰富着地方民间故事的文学宝库。

[三] 民间传说

1. 奉贤地形的传说

综观奉贤的地形，西部邬桥、庄行特低；萧塘、江海特高；再向南向东便微微趋低，渐渐入海。这好似一条去头的鲤鱼平卧在那里。在萧塘一带有这样一段传说：

殷纣年间，陈塘关守将李靖，外号托塔天王。生有三子，小儿子乃灵珠子化身，取名哪吒。娘胎里带得两物，一为“乾坤圈”，一为“混天绫”。某日，哪吒在东海滩九湾河洗澡，混天绫捣动龙宫，东海龙王敖光派巡海夜叉李艮前来捉拿。李艮持斧向哪吒劈去，哪吒大怒，将身闪过，把套在右手的乾坤圈往空中一举，此原系昆仑山玉虚宫所赐太乙真人镇金光洞之物，现出原形乃一条偌大无比的鲤鱼。哪吒这一击打得沉，不但打烂了李艮的头，而且还打出了一道深沟，泛阵阵黄浪，即黄浦江。因这夜叉毕竟得道多年，尸骨终年不腐，久而久之，便成一方陆地，这就是如今的奉贤地区。

2. 要离墓

在新寺镇东南约2公里处，原来有一座占地五六亩的大坟墓，叫要离墓。传说在春秋时期，吴王僚被公子光（即后来的吴王阖闾）所杀死，吴王僚的儿子庆忌便逃到了卫国。吴王阖闾继位后，害怕庆忌不肯罢休，就同大臣伍子胥密谋害死庆忌。阖闾通过伍子胥，物色了个子矮小的勇夫要离。要离接受了使命，就设了个苦肉计，请吴王砍去了他的右手，还监禁、害死了他的妻子和儿女。要离自己假装受到迫害而逃到了卫国。

到了卫国后，要离想方设法接近庆忌，向庆忌诉说了他一家的遭遇和阖闾不听众人劝告、杀君谋位的经过。他还假意向庆忌献了破吴之计，博得了庆忌的欢心，后来，庆忌想出了锦囊妙计，决定回国破吴。回国途中，要离大献殷勤，形影不离庆忌，当船行进到吴国境内时，要离乘庆忌不备，取出藏在靴统内的三寸匕首，将庆忌刺死了。庆忌倒下后，卫兵突然发觉船上有刺客，便挥舞大刀乱砍，要离的头被砍入江中，尸首抛于江边。庆忌的尸体被运到国都姑苏城里。

吴王阖闾见大功告成，决定重葬要离，并特意配制了要离的金头一颗。为了防止盗墓，一夜之间墓葬七座，其中一座就葬在吴国的东南部沿海地区，也就是新寺镇东南的那座墓。

直到解放后，60年代搞农田基本建设，要离墓才被拆除，改作了农田。

3. 三女冈和弹神桥

奉贤南桥镇北半里之遥，有一个历史古迹，名叫三女冈。冈南几十步，有一条小溪，小溪上横架一座石桥，这座古老的石桥，名叫弹神桥。为什么名字取得这样稀奇呢？内中却有一段美丽动人的爱情故事。

相传春秋战国时候，吴国国君夫差有三个女儿，他的大女儿和二女儿都相继出嫁了，只有第三个女儿还养在深宫里。三女的名字叫紫玉，自幼聪明伶俐，不仅四书五经、描龙绘凤件件都精，而且还弹得一手好琴。

那时候，吴国有个弹琴很出名的青年，名叫韩重。由于吴王夫差也欢喜听琴，曾经几次聘请韩重到宫中来弹琴。因为紫玉是吴王最宠爱的幼女，也就允许她在旁边一同听韩重弹琴。日子久了，他俩不但结成了知音，还相互爱上了，并且立了誓言。

可是韩重是个布衣人，紫玉是国王的女儿，身份的悬殊，不可能使他们实现理想，于是紫玉就叮嘱韩重好好求学，等到功成名就，再回来求父王允许亲事。韩重别了紫玉，就远离故乡，往晋国游学。韩重出国不久，吴王就替女儿做主，要把紫玉嫁给吴国的一位贵族公子。紫玉坚决不允，但又不敢违抗父王的意见，于是积郁成疾，日夜盼望着韩重能够早日回来，可是韩重一去之后就音讯不通，夫差逼得又很紧，不能不使她伤心失望。从此病入膏肓，不久就离开了人世。

紫玉死后，吴王用明珠白璧，以及紫玉生前最喜爱的那张七弦古琴，一起殉葬，并把葬紫玉的地方取名叫“三女冈”。

这位可怜的紫玉，虽然与世长辞，但她的精灵又化成了一个美女。每逢明月当空的宁静夜晚，她就抱着那张七弦古琴，静静地坐在冈边石桥上，拨弄着那七弦。她那凄凉幽怨的琴声，弹得明月无光，杜鹃啼血。就是这样，年年月月的夜晚，琴声伴随着铮铮淙淙的流水声，倾诉着她心底里说不完的绵绵长恨和千言万语。

不久，韩重从晋国游学获得功名归来。他怀着高兴的心情，去探望紫玉，可是当他一踏进吴地，就得悉紫玉已经死去的不幸消息。这真如晴天霹雳，哭倒于地。他哭得死去活来，连夜跑到埋葬紫玉的三女冈畔，看个究竟。

跑到三女冈，但见流水有韵，碧草无声。这种满目凄凉的情景，勾起了他的无限回忆，顿时痛哭失声，昏绝于地。待他悠悠醒来，月光下隐隐约约见到一位貌似紫玉的女子向他走来，怀抱一张七弦古琴，神采奕奕，满面笑容。韩重睁大了眼睛，站起来一看，原来这女子真是他朝思暮想的紫玉。韩重喜出望外，两人就在草地上坐下来，倾诉着别后的离情。紫玉一边哭，一边拨动着琴弦，琴声随着滚滚的泪珠，和着悲壮凄惨的歌声，像三峡的流水尽情地倾泻。

一会儿，琴声和歌声都停了下来了，紫玉起身告别，韩重一手挽住她，紫玉就从胸中掏出明珠两颗，白璧一双，赠给韩重，再三嘱咐他道："人亡物在，赠予您，聊表寸心，千万不要忘记，拿这两样东西回去拜见父王，作为聘礼，我在冥中托梦父王，叫他不要拒绝。只要我们的爱情是真挚的，虽不能白头到老，但可以作为生死夫妻。"说罢，就不见了。

韩重不见了紫玉，在三女冈畔停立了很久，怀着惆怅的心情回了家。他马上带了明珠、白璧，朝见吴王，并申诉了详细经过。吴王感到惊奇，就把明珠、白璧一一验过，确是女儿遗物，只好把三女许配给韩重，成全了他们一对"生死姻缘"。

据说，自从三女和韩重会见以后，从此，"弹神桥"畔再也听不到仙女的琴声了，可是，三女冈和弹神桥这个美丽的故事，被永远地流传下来了。

4. 秦始皇巡视柘林

公元前221年，秦始皇统一六国后，为了发展新兴的封建经济、巩固中央集权，在次年就制定了"兴路政，修水利，重农抑商，销毁民

间兵器”的政策，并在全国各郡、县兴筑直道、驰道，强化全国陆路交通。中央和地方的一切重大事务，都由皇帝决定。为此，秦始皇亲自出京巡视。

嬴政称秦始皇后，从公元前219年秋天第一次离咸阳出京巡视，前后共五次率文武官员到全国各地巡视。其中一次，秦始皇东巡至彭城郡（今江苏省徐州），后由彭城往南至会稽郡（今浙江省绍兴）。巡视会稽郡海盐县东北地方，即现在的上海地区，顺着驰道，北巡江水口（现称长江口），南巡柘林东海湾，以观海考察海潮、地形，发现柘林海涂开阔，地面平缓，向海洋倾斜，与他地不同。秦始皇并指着茫茫海水，对文武官员说道：内地蜀郡（今四川）有天井，井有二水（即卤水），取井火（即天然气），煮之为盐。此柘林为冈身之端，扩灶煮海为盐，实为大利也。民以农为食，内侧应重农耕种，同时也可挖池饲鱼，池宜五、六亩，池中有州有谷（州，就是鱼池设几个浅滩；谷，池中要有几个深水坑），有深有浅，水温变化，鱼类生长，不受影响。柘林，实为海滨膏腴之区，天惠条件优厚，南盐北农，足以富民也。

柘林南侧，春秋时代起，已是产盐之区。自秦始皇东游南巡访柘林观海涂后，当地民众，盐农兼渔，再兴扩灶砍柴，大煮海水为盐，柘林煮盐业又有很大发展。柘林地区，自秦始皇东游巡视后，地方上的亭长、乡长，以始皇临地巡视为荣，认为“维天降灵，柘林繁荣”。后来，便在柘林海边秦皇观海处，即现在柘林镇柘林村六组向南约10里处，以“六六大顺”为意，建造了一座六角六柱的亭子，亭子顶端塑有喜鹊，取“早报喜来晚报财，晌午报得客人来”之喜气。六角亭子南北相通，正面有“秦皇观海亭”五字，两旁亭柱上有“面南观海海潮送宝的无穷，向北望地地灵物丰勤有富”字样。于明初成化年间，渐沉没于杭州湾海中。至于奉贤的秦皇驰道与秦始皇巡视柘林观海的传说，在民间一直流传至今。

5. 称土还粮

奉贤二桥有个四角亭，亭内有只赑屃，背上有块《奉宪复折碑记》，说起它的来历，民间还流传着一则生动的故事。

相传，二桥之东新市镇有个宋贤，明朝嘉靖进士，曾任新昌知县，

后因政绩显著被提升为监察御史。由于他关心群众疾苦，受到百姓的爱戴。

有一次，宋御史探亲返里，一进村庄，只听见百姓唉声叹气，甚至伤心哭泣。他一惊，急忙问道："老乡啊，怎么一回事？"大家见宋御史回来了，便一五一十地诉说起来："二桥河东是沿海荒瘠地区，土贫盐碱，庄稼十不得一，但每岁糟粮都与熟田一样征收，地租亦与熟田同样计租，毫无区别。乡亲们申报上司，恳求折粮，可不得批准，要活命难啊！"

宋御史惊奇不已，他万万没有想到，孬田与好田一样征收糟粮，又是同样收租，不公平也！想到这里，他语气坚决地说："乡亲别急，下官愿助一臂之力！"回家沉思不语，饭不食，觉不睡，只管喝茶。突然，他挥毫泼墨，赶写了一篇《折糟疏略》，直奏皇上。

皇帝接到奏本，仔细一阅，方知糟粮大事，即派巡抚周文襄实地调查，弄清真相，以便决断。

不久，周文襄果真来了。宋御史与民众一起，夹道欢迎，设宴招待。第二天，宋御史陪同周文襄在盐碱地里兜了圈，观看庄稼，然后宋御史直言不讳地说："二桥河东土轻，庄稼十年九不得，二桥河西土重，庄稼年年丰收。但糟粮河东河西一样征收，不公平也！"

周文襄问："土有轻重，真有此事？"

宋御史说："不信，称土为准。"

说罢，宋御史吩咐百姓在河东挖了一斗表土，用秤一称，记下斤两，转身又到河西挖了一斗表土，用秤一称，记下斤两。然后两秤一比，嗨！斤两完全两样，河东的表土比河西的表土轻了不少。周文襄眼见为实，信以为真，连声说道："果然土轻，果然土轻！"

原来宋御史得悉周文襄下来调查，心里顿生一计，立即吩咐乡亲们赶拾牛粪，摊在场上晒干后，掺入泥土中拌和，然后撒入河东的土地上，表土岂能不轻呢？周文襄蒙在鼓里，他回家后，如实向皇上汇报。皇上一听，下了圣旨，同意改糟粮为折粮，并实行减租，真是大快人心，当地百姓为了纪念宋御史，特地造了一个亭子，将皇帝圣旨刻在石碑上，从此，宋御史"称土还粮"的故事在奉贤传开了，流传至今。

6.东海神坛逸闻

在柘林有一座东海神坛，明洪武年建。说起这座神坛，民间有一段美好的逸闻。

相传明朝洪武初期，某年的一日上午，天气晴朗，碧空万里，在杭州湾柘林地方的东南海面上，突然发出一阵隆隆响声，随着响声，在海水中冲出一股紫黑色的迷雾,形如一座极为高大的亭子在半空中，后雾气散化之时，又形成如牛般和老人样的两团若分若连的云彩样迷雾。最后，这股紫黑色的迷雾，就随着风飘散在柘林附近的海面上。

对这些偶然出现的奇特的自然现象，有人说，皇帝从小放过牛，这是牛壮人寿，国朝兴盛的象征；有人说，柘林是华亭县东南角，是青龙头，这股紫黑色的雾气，是青龙喷雾，是一股灵气，柘林地方要兴旺了；也有人说，柘林面向大海，背身厚实，是好风水地方，有灵气，以后要出大官了；更有人说，以前秦始皇坐马车来柘林地方观海、看地形，柘林煮盐业有发展，现在朱元璋皇帝灵气通到柘林来，柘林要兴隆了等等。众说纷纭，都说这股紫黑色的迷雾是吉祥的灵气。

这一自然现象，也被官府所重视。时隔几年之后，于洪武十六年，真的在华亭县的青龙头——柘林地方，兴动土木，建造了一座较为像样的供神庙宇，因朝向东海，故被题名为“东海神坛”。神坛内，分别供奉着海神爷、财神爷和柘林古代的“柘湖女神”及福、禄、寿三大吉星。在神坛面前，置有青石牛一头，象征长寿老人的石人一个。在石牛身上凿有“青牛紫气、吉祥如意”的字样；在长寿石人身上镌刻着“福如东海，寿比南山”的文字。在石牛、石人的前面有坊表一座，两边柱石上分别镌刻着“白鹤恋华表，青牛得老仙”的对联。凡前往神坛顶礼膜拜者，都要去摸摸吉祥的“青牛头”和扶扶长寿的“老人手”，以求吉利。相传：学生摸摸青牛头，学业仕途有奔头；商人摸摸青牛头，生意兴隆乐悠悠；农夫摸摸青牛头，五谷丰登样样有；诚心摸摸青牛头，人生吃穿不用愁；诚心扶扶老人手，福寿双全到白头。

据说东海神坛给柘林这块南盐北农，海滨膏腴之区带来了兴旺，也给一些读书人开拓了仕途前程。明嘉靖二年，今柘林镇东海村“小城头”徐阶，经殿试为第一甲第三名中榜，后官至嘉靖朝宰相。嘉靖十九年，今柘林村七组何良傅中进士，官至礼部郎中。嘉靖三十年，何良傅兄何良俊也中进士，官至南京翰林院孔目，总领一院之事。嘉靖二十二年，徐阶弟弟徐徒中进士。徐阶、徐徒两人的后代子孙，学业均优者有十多人，都为明代朝廷命官。

时至嘉靖三十三年（1554），倭寇入侵，柘林东海神坛被毁，后不复存在。

7. 徐阶巧辞返故里

明朝嘉靖年间，进士徐阶曾任礼部尚书及建极殿大学士等职，参与朝廷机要政令的起草工作，立朝迎帝意，有谋略，因此人家称他“徐阁老”。

徐阶身为当道权臣，他与奸臣严嵩有争执，迫使严嵩削职，但他的举动触犯了朝廷中的其他大臣，于是遭到排挤，给事中（官位）张齐（人名）以私事让徐阶罢了官，判充军之罪。

徐阶深觉险要，怎么办？愁眉不展，冥思苦想。突然，眉头一皱，计上心来，他急忙向判官恳求：“罚臣充军之罪，臣死而无怨，但有一个要求。”

“什么要求？直说！”

“充军何方？天南地北，臣皆愿往，唯东南沿海的华亭县不去。”

“为什么？”

“悉闻彼处，十分荒凉，境内有九峰三泖，羊肠山路，狭小曲折，臣脚笨难行，有丧命之险。再说泖湖之浪，汹涌澎湃，小舟过湖，危险！危险也！”

“噢……”判官喃喃自语。

徐阶继续说道：“那里还有条必经之路一寸坝，坝宽一寸，一不当心，就会掉入河中淹死。还有每隔六里路，即有一个坟墩，神出鬼没，怕得要命。兼有擦皮弄，它狭得人只能侧身而走，人过弄堂，常被擦去皮肉。那边河多桥多，其中有顶高桥，悬在半空，走在桥上，如果失足，初一跌下去，月半“咚”声响，有死无活。若充军到那里，老命难保，乞望开恩，将臣充军别处。”说罢，他双膝跪下，口头恳求。

判官听了，一阵暗笑，心想："此人聪明一世，糊涂一时，给自己指出了绝路。"久怀迫害之心，怎能顺他之意，执意将他充军到东南沿海的华亭县去。

原来，徐阶是华亭县人，经过几个月的过江渡河，跋山涉水，终于回到了自己的故乡。靠着巧辞，徐阶实现了个人的目的。

8. 烟墩头的来历

在庄行西南约三里，有个小集镇名叫烟墩头。它紧靠奉贤、金山两地交界的南北大河龙泉港边，相传这龙泉港初浚于五代吴越王时期，至今已有一千多年的历史。至明朝末年，该地已由村落发展成为小集镇，而烟墩头之得名，其中有一段生动的故事。

明朝嘉靖年间，我国沿海一带屡遭倭寇侵扰。嘉靖皇帝昏庸愚昧地认为，这是因为不敬海神的缘故，因此，特地派了严嵩奸党的重要人员赵文华跑到东南沿海来祭海，遭到了当时正在沿海抗倭的将领张经、李天宠及其部下们的蔑视和反对，他们对赵文华非常冷淡。赵文华恼羞成怒，怀恨在心，回朝后，他虚构罪名，将抗倭名将张经杀害，并把李天宠革职下狱，使东南地区的抗倭斗争遭到了严重挫折。从此，倭寇活动更加频繁猖獗，他们从柘林登陆，并以柘林为巢穴，四出侵扰。沿途所到之处，烧杀掳掠，奸淫妇女，无恶不作。倭寇盘踞柘林后，准备向北由龙泉港、叶榭直趋黄浦江，作为进攻江苏、上海各地的要道。倭寇之害，对人民带来了深重灾难，同时对明王朝的统治也带来了严重威胁。在此情况下，朝廷又派了戚继光、俞大猷等抗倭名将领导东南地区的抗倭斗争，沿海各地抗倭斗争蓬勃地开展起来。就在现在烟墩头，有个青年名叫盛懋进，智勇双全，文武足备。只因奸人当道，政治日非，他不应科举，而留心于经世致用、救国利民的学问，当他目击倭寇猖獗，心头之恨早已怒不可遏。听说戚继光、俞大猷在沿海要塞地区遍筑土墩，作为瞭望所和烽火台，他就带了村上的民丁在龙泉港边也筑起了一个土墩，宽数丈，高约数尺，作为瞭望所和烽火台。可是，古时候边疆烽火，常用狼粪烧之，称之狼烟，烟气直上，虽经风吹而不斜，但内地没有狼粪怎么办，盛懋进发现凡动物粪类，烟都浓，可代狼烟。于是，他就号召乡亲们大量收集牛、马、狗粪，晒干备用。

一天，盛懋进见三艘倭船正耀武扬威地由龙泉港向北驶来，就在土墩上点起“狼烟”，附近的乡亲们一见信号，纷纷拿起了锄头、铁搭等向倭船包围过来。倭寇一见势头不对，企图驾船逃跑。这时，盛懋进抄起一把耘耥把为首的倭寇船勾住，倭寇拔出腰刀，进行顽抗，怎敌得这边人多势大，三艘倭船一齐被拖到岸边。说时迟，那时快，只见锄头铁搭劈头盖脑一齐向倭寇打来，倭寇哪里招架得住。就这样，三艘船上的倭寇统统被打死。

从此以后，每当倭寇入侵，他们就在土墩上举烟为号，烟墩之名就这样传开了。

9. 柘林“小普陀庙”的传说

柘林南面，里护塘北侧有一座“小普陀庙”，庙宇具有一定规模，自明末建庙后，至民国时期，香火一直很旺盛。“小普陀庙”庙址在现在沪杭公路柘林段南端。“小普陀庙”供奉的是观音菩萨。关于这座“小普陀庙”还有一则神奇的传说呢。

相传五代后梁贞明二年（916），日本有一位高僧慧锷来到中国，一天云游山西五台山。他很喜爱一尊檀香木雕刻的观音像，五台山方丈便将这尊观音像赠予慧锷。慧锷乘船到日本去，先后三次启航，在东海洋面上分别遇到风暴、烟雾和铁莲花所阻而无法行进。慧锷心想观音不愿去日本，就不得不随当地渔民上了普陀山。这尊观音像就在普陀山的双峰山下一姓张的渔民家中被供奉下来。自此以后，普陀山以供观音为主，山上山下，寺院庵堂越建越多。普陀山虽有变化无穷的海景和幽雅的山景，但在普陀山众多的观音像中，这尊观音像之灵久住此山，感到厌烦，他想，既然可离开五台山，从北方内陆来到南方海岛普陀山，当然也能离开高山，去他方平地。这位仙灵愿意离开自然景色绚丽多姿的普陀山，但是到哪里去好呢？最后想到：杭州湾北岸的古镇柘林，南，面对海洋；北，有宽厚的大陆平地；背后，有通海浦江，是块极有仙灵之气的风水宝地。于是观音施展佛法，唤起狂风，佛像乘风出堂，躺在海面上，乘着涌涛激浪，一路顺风，来到柘林海边。

再说一天，柘林有几个渔民在海边发现了一尊观音像，他们认为：广阔的杭州湾海滩，观音像别处不住，偏在柘林停留，可能今后柘林会兴旺了，于是几个人都怀着敬佛心理，齐心合力，诚心诚意地把搁浅在海滩上的观音像请到了海塘内，供在一邬姓渔民家中，经常焚香恭敬。消息一传开去，周围的人们常去烧香叩拜，祈愿。

柘林，自从有了这尊观音像后，不知是观音显灵，还是老天风调雨顺，或是柘林人们勤劳能干，这块南海北地，海滨膏腴之区的古老柘林，便渐渐地兴旺起来了。南，产盐量增多，海鲜海产丰富；北，农耕兴旺，五谷丰登。人们也变得聪明起来了。以耕为生的柘林民众，生活也日益好转，欢笑声也多了。大家便说：普陀山来的观音真正灵。后来，人们募款建造庙宇，把慈祥的观音像请进了殿堂。因观音像来自普陀山，为了与“海天佛国”普陀山相对应，便题庙名为“小普陀庙”，后柘林镇南的地名也叫作为小普陀了。

10. 柘林城为啥无北门

柘林，位于奉贤西南部，地处要冲，是上海的南大门。柘林明代起成为兵家必争之地。明嘉靖年始，因倭寇入侵，抢筑柘林城堡。扁圆形的柘林城堡，城墙周长四公里，高二丈余，宽一丈八尺，建有东、西、南三个城门及三座吊桥，周围有护城河。古代城堡都建有东、西、南、北四个城门，为啥柘林城没有北门？民间有不少传说，现将搜集到的六种传说分述如下：

（一）禁出人才，北门不开

明朝初期，任御史中丞兼太史令的刘伯温（浙江青田人）是个文学家，他在江南观察地理、考察风水时，立下预言，说是从金山卫向东至青村所城，这百里地区的陆地，南临大海北枕浦江，气候温和，风调雨顺，土地肥沃，农事盛兴，民众百姓多才英俊，随着时间进展，预测将来会出各类大小官员，量多如三斗三升芝麻。这许多人才，除了在本地执掌各种权力外，因地南临大海，人才须得向北伸展，会起叛逆朝廷之心，他们会结帮营私，有碍朝廷政事，天长日久，与朝廷江山不利。如若在这百里中心的柘林地段，垒筑城堡，不宜开启北门，以镇破风水，禁出人才，这样使朝廷大政，减少祸逆，避免混乱，得以安宁，天下太平。

后在垒筑柘林城堡时，遵从了刘伯温的预言，就不开启北门，所以，柘林城没有北城门，这是民间最多的一种传说。

(二) 诬害忠臣，不造北门

明朝嘉靖三十三年(1554)，徐海、陈东率倭寇千余人入侵柘林，屯据为巢。二年之后，倭患平息，朝廷计划在原倭寇巢穴之地柘林，抢筑城堡，屯兵驻将，以御外患。

据传说城堡督建官员，姓方名远常，百姓称他是个忠臣。他察看了东西长长的百里近海陆地、海堤，发觉青村所城是个长方形城，金山卫是方形城。他自己住在金山营，督建柘林城。当时他联想到自己的名字叫方远常，就把柘林城定为扁圆形城。计划确定后，就发动近海民工，建土窑、烧砖块、运石头、兴师动众，破土动工。工程进展大约一半以后，朝廷太师严嵩的寄子都察御史赵文华，来到此地巡视察看，发觉柘林城与以前筑的金山卫和奉城两个城堡形状联起来，便是柘林城督建方远常的体现，赵猜测方利用城的形状为自己树碑，并在百姓中取得威信，认为方日后会有反叛朝廷之心。当时赵就不准建筑北城门，将建成一半的北城门重新建设，让柘林城东、西、南、北四城门缺一不全，使扁圆形的柘林城不得完整，给方一个打击。

工程竣工后，赵文华将城形报给严嵩，后奸臣严嵩与赵一起奏明皇上。皇上准奏，斩杀方远常。赵带领一般人来到金山卫抄斩时，方对赵说："我平生为国为民，垒筑城堡确无叛逆之心，皇上要我死，我能自斩头。"说后方自己割了自己的头颅，当时没有鲜红的血液冲天，只见白色麻浆洒地，人仍站立不倒。赵见此状，自感心中有鬼，故惊恐万分，跪在方的面前连连叩头，封方为督城王，并建造庙宇，让百姓祭供，这时方的尸身才倒下。现在，金山卫城有方大老爷庙宇一座。

(三) 心术不正，禁筑大城

明代，倭寇从柘林附近海滩起岸登陆，屯驻柘林，四处抢掠。倭患平息以后，在黄浦江以南，柘林以北，就准备在倭寇占据的这块大好地方，筑一个规模较大的城堡，把一个古镇南桥也围入城内。

开土动工时，先建造南北城门，以示南北一统江山，取吉祥之意。

南城门在柘林城，北城门即现在的南桥北街佛阁。南北城门筑好以后，沿南城门左右两侧伸展，开始挖河、垒土、砌墙。

在城堡建筑初期，朝廷都察赵文华发觉，柘林城堡征地之多、范围之大，可驻扎大量的兵马，这对于抵御外患是很有利的。但赵又认为，这样大的城堡，屯驻大量兵马，万一将领有叛逆之心，那就是朝廷的隐患，对他的义父严嵩也极为不利。因此，赵下令缩小城堡的建筑规模，但在海塘外，增筑了几个泥墩，称为“烽火墩”，派兵守望。如遇外敌来侵，燃起烽火，浓烟冲天，告警城内百姓和兵将准备抵御。缩小规模后的城堡仍从南门开始垒筑城墙，为图吉利，按规矩一座城不能造两次北城门，所以柘林城就没有再造北城门。要说有北门，也只能说南桥镇北街佛阁是柘林城的北门了。

（四）为尊神灵，免造北门

据传在柘林建造城墙以前，在奉贤古镇南桥的余庆桥北堍，早就建造了一座庙宇，名叫祖师庙。庙内供奉的祖师偶像的职位比城隍、猛将、施相公老爷等都高，因此，县内迎神赛会，各神像老爷，经过祖师庙门前都要偃旗息鼓，停止跳跃和说唱，偶像经过也不能大摇大摆，抬偶像的人都要跑步前进，急速通过祖师庙，民间俗称“抢桥”。

所以，当时“风水”先生认为，建柘林城，如果开了北城门，会北冲祖师庙，不尊重祖师老爷，民间百姓易招灾殃，特别是南桥镇和南桥镇周围容易发生火灾，沿海一带也会多灾多难。为使百姓免受灾祸，柘林城就不造北门了。

但是造一座城，必须要有东、西、南、北四个城门，以示四通八达，百业兴旺。为取吉利，北城门就只得造在祖师庙的后面了，即现在南桥镇北街的佛阁处，城门为一个环洞，以此象征柘林城的北城门。

（五）迷信鬼神，拆毁北门

柘林城建造时，曾造有东、西、南、北四个城门和四座吊桥。工程竣工以后，第一个年头的阴历五月初五中午时光，人们经过北城门，顿时昏倒在城门洞里或城门洞前后，并全身惊厥、口吐白沫或鲜血而死亡。此后几年，在同一个时刻里，人或牲畜经过北城门，都发生类似状况。后经“风水先生”察看，以罗盘指针的启示，发觉北城门正冲了闵行一座庙宇的大殿正门，由庙内老爷作祟，危及人畜生命。为保人畜生命安全，故将北城门及吊桥拆除，重新砌墙垒土，不再向北通路。从此以后，柘林的北城门也就没有了。

（六）效忠朝廷，勿建北门

明嘉靖三十六年（1557）建筑柘林城堡时，督建城堡的官员，为了表示效忠嘉靖皇帝，别出心裁，造一座没有北门的城，让以后屯驻在城内的兵将，如遇外敌入侵城内，可在城内抵抗杀敌。进城只有东、西、南三个城门，没有北门，守城的兵将没有向北的退路，可奋勇拼杀，殊死决战，尽最大可能把外敌全歼，也表示兵将效忠皇上。

以上六种传说，其中前四种在民间流传较广，后两种仅在少数文人中流传。

11. 高桥吓跪刁瘟官

相传明朝年间，奉贤东乡高桥有一青年农民，名叫牛勇智。他生性聪明机智，身强力壮，且不畏强暴，富有正义感，当地农民对他十分尊敬。

有一年，高桥地方闹灾荒，可是官府衙门还是征收苛捐杂税。牛勇智不服气，就挺身而出为农民请命。他邀人写了状纸准备上告，谁知状纸还没送进衙门，横祸就已来临了。一个姓刁的县官说他胆大包天，竟敢带头抗击皇粮（指朝廷），要将他逮捕法办。

这天，刁瘟官坐着轿子，带了兵丁，前呼后拥地去捉拿牛勇智。牛勇智得信后，非但没有慌张，居然独自去守候在县城通往高桥的官路上。这时，只见牛勇智拦在轿前，双膝跪下，装作讨好刁瘟官的样子，急急地说道："禀告官老爷，这条路不能走。"刁瘟官一听，赶紧探出头来问："为什么？"牛勇智说："前面不远处有一座高桥，这桥又窄又高，悬在半空中，走在桥上一失足，那初一跌下去，十五听到声，人还会不死吗？官府老爷走这乡村高桥实在太危险呀！"刁瘟官为了保住狗命，怕得连桥还没有看见，就下令打道回衙门了。其实，他哪里知道，这拦桥人就是牛勇智。这普通的石拱桥，它也并不算高啊！

12. 伞为啥叫"竖立"

萧塘地区的人把雨伞称为“竖立”。为什么要起这么个奇特的名字呢？这里有个民间传说。

清朝乾隆皇帝六次下江南。有一次，他渡过黄浦江向杭州进发。一路上排场真大，前面鸣锣开道，接着是刀光闪闪、缨枪如林的马队，随后御林军护卫着天子辇驾，部分京官和地方三品以上官员紧跟于后，最末步卒逶迤行进。真是威风凛凛，直往萧塘而来。

萧塘虽是滨海小村镇，但迎送之仪不可无，县官、地保事先晓谕各家，必须在官道两旁一箭之外排列迎送。六七月的天气，乾隆端坐在车上，一名侍从在他身后打着黄绸绣龙的皇帝专用大伞——华盖，正在观赏江南的美景。突然乌云密布，骤风疾起，雷声大作，阵雨倾盆而下。乾隆急喊：“伞！伞！”御林军和跟随大臣们认为皇上体恤下属，要大家散去躲雨，在一片片“是是是！”的呼应声中向四处奔散。乾隆正在莫名其妙时，头顶上的华盖被狂风刮得倒向一边，阵雨淋得他像只落汤鸡。他不得不指着华盖大声向侍从喊：“竖起来！用力！”“竖起！用力！”在风雨交加和“隆隆”雷声中，远离官道的萧塘迎送百姓，仅看到皇上指着大伞，微微听到皇帝在喊：“竖……力！”“竖……力！”为此大家误解为“竖立”即伞，这是皇上说的，谁也不能违逆。

这样以讹传讹，时间一长，也就习以为常，称伞为“竖立”了。

13. 乾隆皇帝看高桥

高桥，上海地区有两座，一座叫北高桥，一座叫南高桥。南高桥在奉贤境内。相传，当地有一乡绅外出，有人问起他家住何地，当回答家住高桥时，即引起对方的好奇盘问。问道，高桥到底有多少高？此乡绅为了夸耀家乡豪富美景，就摆噱头地说：“闻得高桥布告，假使你站在桥顶上，投一个铜板到河里，初一掉下去，月半‘咚’声响，你讲高桥高不高？”对方听了，连连点头回答说，高桥果然高。就这样一传十、十传百的传开了，后来传到了当朝乾隆皇帝那里。乾隆皇帝欢喜游山玩水，欢喜欣赏各地名胜古迹，听说有如此高的高桥，就决定出游江南，亲自去看看。

乾隆皇帝要看高桥，这可非同小可。高桥当地乡绅个个坐立不宁，

惊慌万状，因为他们晓得，欺骗君皇，一场天大横祸，就要落到头上。

乾隆皇帝经淀山湖，进黄浦江，一路乘潮而下，直驶奉贤来了。一日，经过得胜港，游船稍停片刻，乾隆皇帝欣赏浦江景色，问道：“此处何地？”随从回答说：“此地是得胜港。”乾隆一听“得胜”两字，认为大吉大利，一时心花怒放，也不知怎么的突然心血来潮，不想再前进了，就这样未看高桥而中途回朝了。

乾隆皇帝不看高桥，乐煞了高桥乡绅，避免了一场杀身之祸。

14. 钦差俞兆岳督筑石塘的传说

俞兆岳，浙江海宁人，是清雍正年间的塘工（建造海塘的工匠）专家，曾任太仆寺卿，被派为钦差，督筑华亭石塘。沿海人民缅怀他的功绩，至今仍留传着关于他的故事。

落难“九思堂”

正当海塘工程十分紧张的时候，一天，俞兆岳发现本来热闹非凡的工地忽然变得冷冷清清，一打听，才知当地民工都到赵家大地主家里交租米去了。

赵家地主有无数良田，万贯家财，方圆数十里的贫苦农民都租种他家的田地。他规定交租不得超过冬至日，过期一石要还一石三，农民背后就叫他赵石三。这时离冬至已近，农民怕赵家加租，怕吃租米官司，只得纷纷离塘设法交租。俞兆岳闻得这个大地主平素依仗财势作威作福，鱼肉乡民，十分气愤，便向民工们问清了赵家地址，回衙而去。

次日一早，俞兆岳青衣小帽，随着交租的人群进了赵家大门。只见一方匾额，上书“九思堂”三个大字。交租的人川流不息，院子里堆满筐筐稻谷。赵石三捧着水烟筒高坐太师椅上，账房先生打着算盘，家奴们正在把农民挑来的稻谷用斛子量，一面报着数。

俞兆岳见这斛子比他处要大得多，还在斛子上堆起一个高高的尖顶，农民交来的谷总是不足秤，便走上前去把这个尖顶抹平，连说：“这太不公平了，大斛加尖，岂有此理！”赵石三从来还没有见过哪一个农民敢当面说一个“不”字，今见这个干瘪老头竟然如此放肆，顿时暴跳如雷，立即命人把俞兆岳绑了，用一把30斤重的大锁，锁在门前的旗杆上，准备以抗租之罪送官究办。

傍晚，赵石三吃夜饭去了。一个农民偷偷跑到俞兆岳跟前想救他逃走，俞摇头说："你去找支笔来。"就在他手心上写了几个字，叫他到县衙门去击鼓喊冤，县官问时，你就伸手掌让他看就是了。那农民救人心切，捏紧拳头快步赶到县衙。知县在半夜里听到有人击鼓，忙起来升堂，只见一个农民满头大汗跪在堂前，就问："大胆刁民，何事深夜喊冤？"农民说："请大老爷看我掌心。"县官一看，竟是钦差大臣亲笔："俞兆岳落难九思堂"八个大字，惊出一身冷汗，问明情况，赶快点起三班衙役，打着灯笼火把，请这位农民带路，连夜赶往九思堂，把赵家庄园团团围定。

赵石三听得外面人喊马嘶，不知发生了什么事，唤起家奴，打开大门一看，只见知县老爷跪在旗杆旁边，弄得丈二和尚摸不着头脑，忙上前跪下："大人到此，不知有何公干？"知县一见，喝令衙役"拿下！"怒斥赵石三："你好大胆，竟敢捆绑钦差大人，知罪么？"赵石三一听，犹如五雷轰顶，连忙跪在俞兆岳面前，叩头如捣蒜，连说"小人有眼无珠，大人饶命"，准备拿匙开锁。知县官急了，对俞兆岳说："大人息怒，下官管教不严，如何处理，一切遵照大人意思办理！"俞才说："赵石三鱼肉乡民，捆绑朝廷钦差，罪孽深重，你愿责，还是愿罚？"赵石三忙问："愿责如何？愿罚又怎样？"俞说：愿责，满门抄斩；愿罚么，你就筑三里路石塘吧！"赵石三忙说："愿罚，愿罚！"

他哪里知道一丈石塘一丈金。等到三里石塘完成，也就倾家荡产了。农民们人心大快，至今还流传着："赵家租米，百年收进，一夜斛出"的民谚。

满载归京都

俞兆岳督筑华亭石塘，掌管工程、财政、人事大权，这在当时是个肥美的差使，天高皇帝远，谁不想从中捞一把？相传在俞兆岳之前已有两位钦差就是因为贪污筑塘经费而被撤职查办。这天工程完竣，俞兆岳兴高采烈，班师回京。传闻俞兆岳从海塘带回两个大箱子，一箱是黄的，一箱是白的，那些贪婪的京官，个个垂延欲滴，纷纷上门，明为祝贺，实欲分肥，都被俞兆岳严辞拒绝，连看也不让他们看。这些官员怀恨在心，便在皇帝面前进谗，说俞兆岳贪污筑塘公款，搜刮民财。皇帝听信谗言，立即御审俞兆岳，问："据说你筑塘带回两个大箱子，一箱黄的，一箱白的，可真有其事？"俞兆岳说："启奏万岁，此事一点不假！"皇帝勃然大怒，命提两个箱子当殿查验。谁知打开一看，果真是满箱金黄，都是破烂草鞋；另一箱呢，也果真是白花花的，却是一箱破碗瓷片。把皇帝和满朝文武看得目瞪口呆。原来俞兆岳在筑塘工地上亲身体验到筑塘的艰苦，经常身穿便服收集民工丢弃的破草鞋，以留作纪念。那一箱碗片也是他为了免伤民工的脚而在工地上捡拾起来的。他向皇帝历诉沿海人民生活苦难和筑塘的艰辛，要求朝廷豁免沿海人民三年糟粮田赋，以解民困。

15. 六里墩和"跳滚灯"的来历

太平军一到奉贤，就替老百姓做了不少好事，老百姓都明白了：只有太平军才是自己的部队，因此，太平军每到一处，就有老百姓自动担水送茶，还帮助军队指引路头。

相传有一支太平军的先遣部队由柘林进军南桥，经过现在南桥镇六墩的地方，看见很多老百姓在田里劳作，部队首领亲自到田里，对老百姓问长问短，并询问到南桥的路程。老百姓感到像这样的军队从来没有看见过，就亲切地回答："还有六里左右。"部队开走后，农民们都纷纷地谈开了，有的说："太平军才是我们自己的部队。"有的说："杀掉了清兵，我们大家才有福享。"

可是，怎样使太平军早一些把清兵杀净呢？一位姓李的老农民忽然提议说："我们要帮助太平军引路，支援他们打胜仗。"于是，大家动手，在一条官路旁筑起了六个土墩子，并写明记号，意思是："天王将士们，前进吧！到南桥只剩六里路了。"鼓励将士们进军的信心，并不至于迷失方向。从此，六里墩这个历史遗迹，至今一直为当地人民所津津乐道。

死困在南桥的清兵，他们一听到太平军来了，都夹紧屁股，没命似的逃跑了。但是，老百姓听到太平军来了，都欢欣鼓舞，集会"聚灯"，迎接自己的部队。他们创造了一种叫"滚灯"的民间赛灯艺术，这种灯的形式是一个直径1.2米的圆球，重约50斤。当中盛放小灯，燃点洋烛。这种灯在奉贤被尊作灯中之王，玩的花式有多种多样。其中最精彩的有“白鹤生蛋”“蜘蛛放丝”等动作，是奉贤老百姓欢迎太平军而独创的。

16. 面杖港的传说

在离梁典小镇东南三里路的地方，有条南北向、长不足一里的河道，叫面杖港，据说河里有一根金面杖。

相传很久以前，面杖港是条无名河道。河旁住着姓王的夫妻俩，他们靠种田过日子。因为能吃苦，种田得法，慢慢地富裕起来，最后把两岸的田地也收买了下来。

夫妻俩只有个独生儿子，自然十分喜爱，抱在手里怕冷，含在嘴里怕烊（上海方言：融化）。孩子长大以后，养成了游手好闲的恶习，还轧上了一帮赌棍，老夫妻也不管他。有一次输得多了，就请个相面先生算算命。相命先生说，这位小爷天庭饱满、地角方圆，一定会财星高照，他们就放心让孩子整日地滚在赌台上了。

那孩子到了18岁，就定了门亲。待媳妇过门，两位老人就去世了。小夫妻虽然恩爱，但做丈夫的赌场不能不进。结果把家产输光后，要卖田了。妻子苦苦哀求说：“千万不能卖田呀，卖了田叫我们去讨饭？”丈夫说：“算命算我财星高照一定能赢一票。等我赢了一笔大数来，我就歇手不赌了。”可是一进赌场，还是输了个精光。他输红了眼睛发狠地讲：“要我歇，除非枕头边点盏火。”（死了的意思）妻子实在没办法，对丈夫说：“你一定要赌，让我回娘家去借根金面杖来，给你做赌本。”丈夫一听喜出望外，就摇了船一同到岳父家去。一到岳父家真的借到了一根金面杖。妻子当着丈夫的面，把三寸长比筷子还细的金条用红绸包好，放进了袋里，小夫妻对岳父母千谢万谢地上了船。一路上丈夫摇着船，妻子撑着篙好不快乐，船摇到现时的面杖港时，丈夫叫妻子把金面杖拿出来看看，估一下能值多少钱。当时，妻子一摸口袋，脸都脱色了，一根金面杖竟不翼而飞，没有了。再仔细一摸，口袋底脱了一段线脚。丈夫急得直跺脚，妻子说：“进这条港时，觉得金面杖还在袋里，金面杖一定落在河里了。”两人相对哭了一顿，妻子劝丈夫说：“反正赌本已落河里了，今冬我同你一起罱河泥，或许能罱到金面杖。”丈夫只好应允了。

小夫妻回家后，准备了船只工具，立即动手。每天丈夫罱泥，妻子拷河泥、浇麦泥。天天这样，日日不停，那些赌棍、浪荡子看到了就讥笑地说：“河泥垩田壮，芦头做杠棒。河泥垩田肥，河里水草碰着天。”夫妻俩听了只当耳边风，还是罱他们的金面杖。第一个冬春坚持下来，虽然没罱到金面杖，但夏熟得到了丰收；到秋里，每亩稻收到6石。入冬落闲，丈夫又想去赌了，妻子说：“还是去捞金面杖吧。”第二年也没捞到金面杖，但粮食又得了丰收；第三年，他们就公开说在这条港里罱金面杖了。一些游手好闲的赌徒，听得河里有根金面杖，也就放弃了赌博，抢着去罱金面杖了，面杖港就此出了名。

后来，金面杖给谁捞到了，却无人知道，但那些赌徒们由于尝到自己挣钱的甘苦，也就舍不得挥金如土地聚赌了。

17. 情大胆巧戏王知县

清光绪十八年，姓王的奉贤知县，任期内敲诈百姓，鱼肉乡里，干尽坏事，因此，百姓对他恨之入骨，暗地里就骂他贪官。王知县任职一年后，上司调他去松江府。离奉贤之前，他想出一条坏主意，别出心裁地要人们为他歌功颂德，致意各界人士，索赠万民伞，以彰德政。谁愿意奉承他呢？但不办不行，深怕他当了府官，泄私愤图报复，刁难百姓。

县城有个乡绅，外号叫“情大胆”，见乡亲们左右为难，就与大家如此这般地商量了一条锦囊妙计。接着，各界人士筹集资金，连夜赶制了一把缎子万民伞。知县离开这天，数百群众，在船埠送行，按礼节，各界知名人士在万民伞上签上名字和写上颂诗，然后举行万民伞交接仪式。正在这时，情大胆在伞上签上名字后，便摇头晃脑地念起颂诗：“大略宏才调外官，家家户户送官船，万民献赠万民伞，世代相传德政碑。”王知县一听，点点头，拱拱手，喜形于色，哈哈大笑，心里像喝了蜜糖，甜滋滋地连声称赞：“好！好！”随即，情大胆挥笔将这首诗写在万民伞上，尔后，将伞塞进伞套中封住，恭恭敬敬地交给王知县。

第二天，官船驶到松江府，当地百姓夹道欢迎，敲锣打鼓，鞭炮齐鸣，人声鼎沸，热闹非凡。见此情景，王知县得意忘形，立即吩咐随从打开万民伞，显赫一下他在奉贤做官的功德。谁知大家一见万民伞，不时交头接耳，指指点点，议论纷纷，有个人竟脱口骂道："贪官！"王知县一怔，弄得丈二和尚摸不着头脑，怎么刚来就遭骂？抬头一瞧，只见万民伞上写着："大惊奉财调升官，家家户户送棺材，万民戏赠患民伞，世代相传德政悲！"原来，情大胆写下了这首同音诗，音同字不同，同音不同义，意思都截然相反。王知县上当了，气得当场塌倒在地上，一动不动。王知县其丑闻，像风一样传遍了整个松江府城。

18. 县太爷和山歌手

故事发生在奉贤的一个村庄里，有一个妇女，新死了丈夫，万分悲痛，天天痛哭。有一天，她听到门前田里有人在唱山歌小调。寡妇是乖人，一听原是山歌手阿六在唱《哭七七》。她想：我刚死了丈夫在哭，你又不死人，在我门前唱《哭七七》，分明是寻我开心调戏我。寡妇越想越气，跑上去一把拖住阿六去县衙门打官司。

县官一听情由，拍案道："汰！阿六，你枉为七尺男子，却不知人家守寡之苦，为何以歌调戏良家妇女？"阿六忙说："太爷息怒，小民是个安分守己的人，怎敢用歌调戏守寡的妇人呢？""休要狡辩，拖下去打五十大板！"阿六急忙说："老爷、老爷，你听说过'田中小曲，不唱不熟'这句话吗？我阿六唱山歌，方圆百里是有名的，我是日日唱，年年唱，不唱山歌我阿六要生毛病的。我唱的山歌忠孝节义，劝人为善，人人都爱听。我阿六唱到哪里，听山歌的就跟到哪里。所以，东邻西舍，南村北宅忙季唤不到帮工，只要请我阿六去山歌一唱，帮工做生活的人不唤自到，只多不少。"县官越听越糊涂，越听越好笑地说："阿六你唱山歌，大家听山歌，这是赔了饭菜，白付工钱，真是弥天大谎，只能骗骗三岁孩童，岂能骗得了本官？来人，拖下去连打五十大板。"阿六急忙分辩："老爷，我讲的是真话，我在田横头唱山歌，草根芽拔来无啥啥。"这时，县官脑子一转，心想：衙门里有三亩多大院子，杂草丛生，叫阿六唱唱山歌，引来了拔草人，倒是件有趣的新鲜事，就判阿六衙内拔草唱山歌。

第二天，阿六在衙门大院里一边拔草，一边唱山歌："东南风吹来自然凉，小姑娘在场角头手扎鞋底乘风凉……"山歌一响，听山歌的人就像潮水一样涌来，很快有好几百人，不要说拔草，就是踏也把草踏光了。一眨眼，院里的草被拔得精光。这时，县官踱出来一看，唱山歌果然灵光，说道："放你回去，饶你无罪。"还赏了二两银子，又发告示，通知乡里：唱唱山歌散散心，本县不治唱歌人。

19. 画　蟹

清朝同治年间，奉贤庄行镇住着一位有名的画家，名叫庄仁泳。他是个举人，擅长画蟹。在《海上二十名家画谱》中收有他画的芦蟹图。他画的蟹千姿百态，千变万化，在芦苇中横行，像活的一样，很是惹人喜爱，因此，求画者络绎不绝，门庭若市。为了谢绝有些假装斯文的豪绅，他作了一个规定：芦蟹画价，一块钱一只。当然，穷人不在此例。

有一天，一个姓陈的乡绅付了一块半钱求画扇面，心想得两只蟹，庄仁泳向他瞪了一眼，漫不经心地说："明天来拿吧！"

第二天，乡绅一早就来取扇面，当他得意地展开扇面一看，顿时呆住了，原来画面上只有一只完整的蟹，另一只蟹的半个身子被芦苇遮住了。他气愤地问："怎么只画一只半蟹？！"庄仁泳笑了一笑，一板一眼地说："给多少钱，画多少只蟹。你给一块半钱，只得画一只半蟹了。""这……"乡绅语塞了。乡绅愣了半天，他随身取出一百块钱，朝庄仁泳画桌上一甩说："我现在出一百块钱，你给我在扇面上画一百只蟹。"乡绅故意以臭钱刁难，他想这下总不会画半只蟹了吧，可实足得画一百只。

庄仁泳笑容可掬地说了声："可以可以，稍等片刻。"他收下了一百块钱，转身拿起画笔，蘸了墨，急忙在扇面上横画竖画，画了一会，挥笔写了两行字，他说蟹画好了。如此神速，乡绅惊呆了。好一会，他接过扇面一看，不禁一怔，只见扇面上画着一丛丛芦苇，右下侧画着一只蟹篓，一只蟹在篓口探出半截身子，一只蟹从篓里逃出来在地上横行，左上角还题着两句诗："秋深露冷西风紧，看汝横行到几时？"

乡绅看罢此画，气得暴跳如雷："一百块钱应该画一百只蟹，你怎么只画一只半？"

庄仁泳指了指蟹篓说："九十八只半都在蟹篓里呢，全画整蟹，太呆板了，有隐有露才叫艺术。"嗨！仔细看来，篓子里好像装满了蟹，若隐若现。

此刻，乡绅无话可说，只得没趣地走了。

20．梁典的由来

梁典是奉贤东乡的一个小集镇，其名由"梁家典当"演化而得。相传当地有个大财主叫梁万千，在镇上开了一家当铺，取名"梁家典当"。为了招揽生意，把"梁家典当"四个镀金大字镶嵌在典当大门上方，当作金子招牌。典当南首，住着一家租种梁家田地的莫姓佃户。这佃户非常喜爱荷花，有一年盛夏，水缸里开了朵荷花，形如大碗，满缸喷香，人见人爱。说来也怪，这朵荷花竟盛开10个月不败，待到结莲子时，恰巧他妻子生了个女孩，取名"莫莲女"。

一晃，莫莲女18岁了，她身材苗条，容颜姣好，那脸色白里泛红，像朵出水荷花，她从小爱唱山歌，更惹人喜爱。莫家后面住着一户人家，有个小孩子叫祝水青，他自幼爱吹笛，莫家和祝家只一河之隔，后窗对着大门，水桥接着水桥，隔河唱歌，隔水吹笛，有情人相爱了。

谁知莫莲女被梁万千看中了，硬逼她许配给他的戆大儿子。晴天霹雳，当头一棒，她气得一连几天吃不下饭，睡不好觉。水青几天不见莲女，心里急得像火烧，一天傍晚，他吹笛为号，暗地约会。一曲情歌飘入莫莲女耳朵里，她赴约了，见了水青，一口气把心中的苦水吐了出来，于是，两个人抱头痛哭，但哭有什么用？接着如此这般地商量着自以为万无一失的锦囊妙计。

有一天，梁万千亲自上莫家为儿子求婚，横求竖求莫家就是不答应，一句话，嫌梁家财产少。梁万千说："我家产百万，田地万亩，从梁家到周家弄，眼眼看见梁家田，脚脚踏着梁家路，还嫌财产少吗？"莫莲女插嘴道："如果从梁家到周家弄都是梁家田，我愿意出嫁，如中间隔着别人家的田，休想娶我。"原来从梁家到周家弄，有毕家半亩田夹在中间。梁万千为了儿子娶莲女，决心买田。田价多少？按照莫家与毕家暗地商量好的计策，提出“铺银卖田”。本想吓退梁万千告吹婚事，谁知他宁愿花去一半家财，忍痛高价买下。莫莲女没有办法，只得违心去了梁家。

莫莲女被迫到梁家以后，心里一直想着情人水青。有一天，梁万千出门喝喜酒去了，她灵机一动，计上心来，乘机把刻着“梁万千之印”的大印弄到了手，偷偷地盖了几十张空白纸头，往口袋里一藏，笑嘻嘻地到了水青身边。

第二天，梁万千坐在典当里抽着水烟，发觉今天上典当的人特别多，他得意地想：若要家财发，众人头上刮。正在做着美梦时，只见莫莲女跳上屋子，一手握凿子，一手拿榔头，“噼啪噼啪”地凿金子招牌，把“梁家典当”四个大字中的“家”和“当”两字凿掉了，只稀稀拉拉地留下“梁典”两字。梁万千见了暴跳如雷，大声训斥为什么要凿掉？莫莲女不慌不忙地回答：“你欠债百万，梁家没有家当了，因此把‘家当’两字凿掉。”梁万千正想辩白，只见祝水青摸出借据向他讨债。随即借据一张又一张地飞过来，张张纸上盖着“梁万千之印”的图章。唉！白纸黑字，赖也赖不掉，官司也打不赢，就此把梁家的家当分光。梁万千气得直翻白眼，一命归天了，而莫莲女和祝水青有情人终成眷属。

从此以后，老百姓把“梁家典当”这地方叫成“梁典”了，小镇之名一直沿用到今天。

总后记

尹继佐

《民俗上海》经过两年多的努力，终于出书了。我如释重负，把心放下了。下面我简单交代一下成书的过程。

2004年7月底，我从上海社会科学院院长岗位上退下来，当时给自己提了两个问题：一是作为一个生命个体继续存在的价值在哪里？二是今后的路怎么走下去？答案是在自己力所能及的范围内发挥余热，应当和还能做几件对社会有利有益的事。

正巧许明研究员和我商量成立民办研究机构(NGO，非官方非营利的机构)，我欣然同意，又商量这一机构成立后，做什么事。我提出编一套上海民俗文化丛书。

为什么有这一“理念”。

我想，直接推动力是上海2010年要举办世博会；其次是考虑自己的条件和分析过去哪些事情没有做好，今天可以做得成的。

大家知道，上海是人文荟萃之地。松泽已发现6000年前的“上海人”化石；元代建制后800年以来，上海作为长三角的重要出海口，逐渐成为江南经济、文化的中心；近一百五十年来，上海成为中国移民最多的都市，凝聚着丰富的民俗文化遗产。然而相对于外地，上海的民俗学严重滞后。上海目前不仅没有一个民俗学刊物，而且已完成多年的上海市、区、县的民俗志至今未出版。问题在于上海文化界与学术界对丰富而有特色的上海民俗文化缺乏应有的重视。民俗文化的整理和挖掘并给予充分的展示，无疑将有利于提高上海人对上海的认同，也有利于在国际交往中展现上海文化总体形象和文化品格。我希望上海民俗文化丛书出版这一基础性建设工程的完成，成为世博会期间展示上海软实力的重要方面。

今天，民俗文化在国际交往中具有重要作用。如在2003年上海召开“亚洲银行会议”时，上海民间艺术家协会组织了五种上海本土的民俗表演项目，受到外宾的热烈欢迎。2003年，上海率团到加拿大申请世界园艺会，上海的民俗表演使当地的观众激动得站在椅子上欢呼。

近二十年来，“文化寻根热”遍及全球，对本土民族原创性文化的珍视，是民族自尊与创造力的一种表达方式。因此，在国际重大活动如奥运会、世博会中，举办国会千方百计展示本土的原创性

文化，如汉城奥运会的开幕式以鲜明的韩民族文化给世人留下深刻的印象，悉尼则以有悠久历史的土著文化成为其展示的主题。大阪世博会也是一个成功的典型，以其鲜明的大和民族的文化展示给世人。意味深长的是，大阪世博会别的没留下，唯有建在万博公园的大阪国立民族学博物馆不仅留下而且成为大阪城市的标志性建筑，更重要的是成为展示日本民族与世界各民族的民俗展示地、世界文化人类学（民俗学）的学术交流中心与博士生的培养基地。

成功经验证明，世博会在显示国家总体形象时，不仅是经济和科技领域的展示，而且更重要的是文化品格的显示。而民俗是民族最普遍也最有特色的文化形态。

于是，我们就下决心做这件大事情。而根据自身的条件，也许是可以做成的。

在2004年10月，我们召开专家组会议。参加者都是上海研究民俗学的知名学者。同时，组成编委会，人员是各区县宣传部长。因为绝大部分宣传部长我都认识，他们说，老部长想做这件对上海、对文化建设和发展都有利的好事，我们支持。

2004年第四季度，先后讨论了三次分别由蔡丰明、王宏刚和仲富兰三位专家提交的提纲。在此基础上形成了与现在大体相同的框架结构。

当时我们讨论就明确：

从书是上海各区、县第一套民俗文化专集。它不仅是外地游客了解上海各区、县民俗的导游书，让他们从中体会到当地人的生活

智慧与文化创造力，而且，应该成为区、县今天与明天的文化产业、旅游产业发展的基础性参考书。丛书不是一般意义上的民俗志和地方志，虽然整体框架仍要反映各区、县的全貌，但重点在特色，要突出当地的特色民俗，要选择有历史文化底蕴的民俗事项，特色部分要详细、有质感；对民俗事项有透彻理解作用的历史渊源要有简明的追索。丛书的行文与民俗志有区别，面向大众，力争行文流畅，文字优美，每一事项力争配有代表性照片，包括一部分珍贵的老照片，努力做到图文并茂。丛书的基础性资料要依靠当地人，当地人写当地事，自然会有一种历史责任心，也容易写得比较深入。各卷主编要有驾驭全局的能力，抓进度抓质量。要重视调查，内容之一是对一些将要消亡但有重要文化价值的民俗事项，如金山的渔村民俗，它将会引起国际学术界与海外游客的关注，这方面的资料搜集将填补上海民俗研究的空白。调查、写作过程中要有长远眼光，对某些有丰富内容的民俗专项，如南汇的锣鼓书，松江的顾绣，嘉定的竹刻、草编，金山的农民画、黑陶等，因本丛书篇幅限制不能展开的，应及时积累资料，可以考虑下一步从上海市的角度出版专集。丛书要有新意，要强调科学性，完成的稿子要与当地人一起核准，要使这套民俗文化丛书经得起历史推敲。经过讨论，大体上框定每一卷是十万字加一百幅照片的篇幅。

兵马未动，粮草先行。

各区县在经费上给予了支持，真是十分感谢。2004年几个区县的第一批资金到位了，使工作顺利开展。那年年底，在一璀同志、仲伟同志找我时，我汇报了这件大事，他们表示赞同和支持。接着我又向各区委县委书记写了一封信，专门作了汇报。我在信中说：这是我多年来的心愿，在我有生之年能发挥余热，完成这件事情，为上海作点贡献，算是圆了一个心愿。希望得到您的大力支持！这里还要感谢郝铁川同志，我也向他汇报了这一不算浩大、也是不小的“文化工程”。得到了他的支持，并拨款作为专项资助。

2005年夏天，在浦东，由当时田赛男部长(现任副区长)做东，再一次召开联席协调会，部署全面启动。

丛书由上海文化出版社出版是2005年的夏天定下来的。当时我和陈军（他是资深出版人）一起同陈鸣华聊了一次。陈鸣华是一位年轻有为、有创新理念、又有实际操作能力的总编辑。过去知道他，但不熟悉。他很有思想，关键是不随波逐流。看了一点该社出过的书，决定请他们出版社做。他配备了很强的编辑队伍，李国强、沈以澄、黄慧鸣、吴志刚等等。特别是李国强先生，他是出版社的编审、资深编辑，策划丛书的整体出版运作，办事认真细致，负责尽心。陈军在出版方面帮了我不少忙，还有杨晓玲、陈骅也参与了组织协调工作，沈缨为这套书的出版工作做了大量细微的联络工作，在此也一并感谢。

说实在的一年多来，我去出版社不会少于十次。从内容到版式，从封面到装帧，都详细讨论。最后要说的是，这套书的总书名也是在上海文化出版社总编室里讨论形成的。我见到他们出版有一套丛书叫《乡俗中国》，受此启发，我说我们这套书的总书名就叫

《民俗上海》，在这一总书名的统摄下，各区县分卷出版。

总之，没有方方面面的支持和协作是绝对完成不了这一大工程的。两年多来甘苦很多，感受颇深。有时候真是厚着脸皮和各路神仙商量事情，为社会做好事，真不容易。社会关系，本来就是在社会角色的转换中不断变化着。你认为，你做的事最重要；在人家那里不过是小事一桩。所以，你想做，就要有各种思想准备，不要怨天尤人，只能反思你的最初的选择对还是不对！是啊，在生活中，本来就无法回避种种痛苦和矛盾，但只要有了明确目标，那辛劳也是有意义的，也会是幸福的。

书稿接近完成之际，又得到了令人欣慰的消息：《民俗上海》系列由上海文化出版社分别报送《"十一五"期间上海重点图书出版规划》和《"十一五"期间国家重点图书出版规划》，均获通过。看来我们还是在努力为自己的思考交出答卷，至少做了比较扎实的基础性积累工作，至于进一步深度开发，留给别人去做吧！

再一次谢谢帮助我、支持我的所有朋友，愿他们身体健康，事业有成。

尹继佐

2006年10月12日

本卷编委：钱忠群　诸春梅　薛志军

办公室成员：缪　青　何畏之　叶兴华　方国政　方淑君

本卷编写人员：（按姓氏笔画排序）

王士斐　王昌年　王易年　王盛超　乔　辉　邢汉良　严良华
宋新根　张　道　李品高　杨若龙　沈吉明　沈银章　肖才章
肖永新　陈　铮　陈建中　陈肃勤　陈积鸿　周　皓　范存明
金国强　姚舒吉　唐石英　夏福军　徐思燕　徐祖荣　徐德洪
翁妙均　顾佳羽　韩鹤鸣

本卷照片提供：（按姓氏笔画排序）

方海泉　王昌年　乔晓燕　孙海东　庄侠民　许　辉　阮永雄
余以铭　张士荣　张虎龙　陆亚荣　季伯生　郑建远　俞林泉
项龙官　顾龙如　韩　毅

图书在版编目（CIP）数据
民俗上海·奉贤卷／袁晓林、王宏刚主编．—上海：上海文化出版社，2009.1
（民俗上海）
ISBN 978-7-80740-377-7

Ⅰ.民… Ⅱ.①袁…②王… Ⅲ.风俗习惯－奉贤区
Ⅳ.K892.451.3
中国版本图书馆CIP数据核字（2008）第192279号

出版人
陈鸣华
责任编辑
李国强
装帧设计
汤靖

书名
民俗上海·奉贤卷
出版发行
上海文化出版社
地址：上海市绍兴路74号
电子信箱：cslcm@public1.sta.net.cn
网址：www.shwenyi.com
邮政编码：200020

印刷
上海丽佳制版印刷有限公司
开本
889×1194 1/24
印张
10 1/3
版次
2009年1月第1版 2009年1月第1次印刷
印数
1－3,210册
国际书号
ISBN 978－7－80740－377－7/K·206
定价
52.00元